另一種圓滿

游欣妮 著

另一種圓滿

作者／游欣妮
策劃編輯／周淑屏
協力編輯／羅詠恩
美術設計／陳詩韻
出版發行／突破出版社
香港沙田亞公角山路 33 號突破青年村
電話：2632 0000　傳真：2632 0388
電郵：breakthrough@breakthrough.org.hk
網址：http://www.breakthrough.org.hk
http://www.btproduct.com
承印／陽光（彩美）印刷有限公司
2018 年 4 月初版 1 刷
2020 年 1 月初版 3 刷

The Circle Game

by Yau Yan Ni
First Printing, First Edition, April 2018
Third Printing, First Edition, January 2020

Printed in Hong Kong
ISBN 978-988-8392-73-5

本書文章曾在《星島日報》發表
誠邀閣下就突破出版社的書籍發表意見
歡迎加入突破書籍 Facebook page — http://www.facebook.com/btbooks.page
本書採用環保油墨印刷

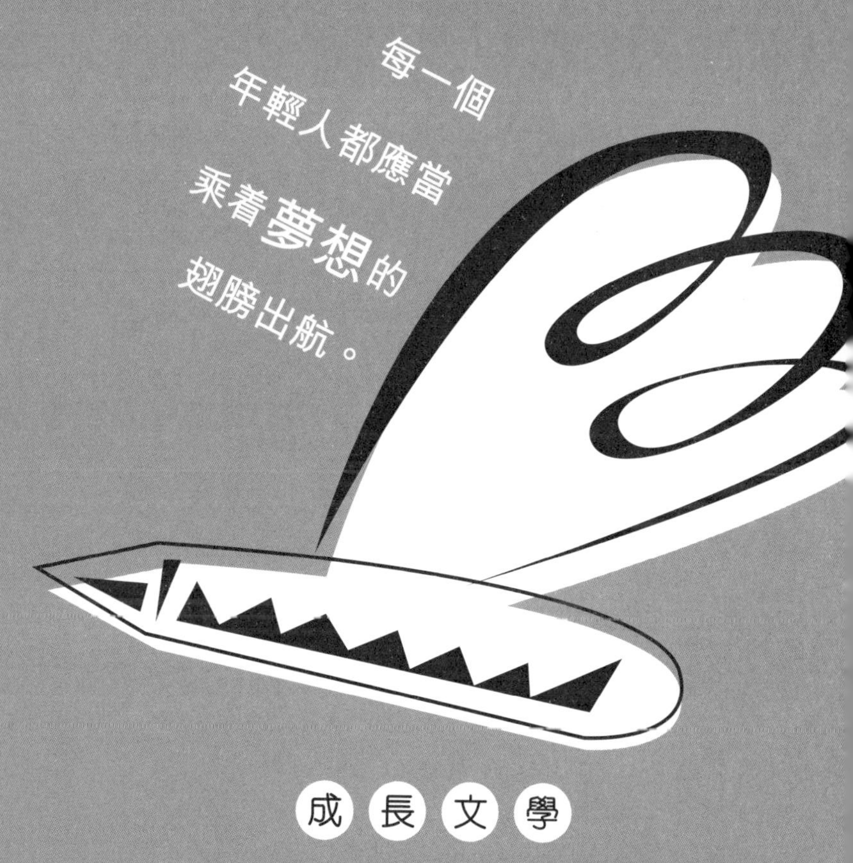

成長文學

目錄

機械朋友

中四的時候，初次讀白先勇寫的《寂寞的十七歲》，那時我還未到十七歲，也未認識白先勇。

剛升上初中的時候，我也經歷過一段遭同儕作弄的日子。沒有很多小學同窗和我升讀同一間中學，初來乍到的我像個長滿刺的小刺蝟，不輕舉妄動，也不易靠近。當時遭遇到的事，我不敢稱之為欺凌，因為大概沒嚴重到欺凌的程度。那時，偶爾會發現文具、書本等不翼而飛，就像體育服就因莫名其妙的遺失而買過三件。母親只輕輕責備，很快又為我添置新的用品。

起初我只道自己大意，後來才懷疑有人貪心，畢竟書本到了二手書店一轉即可換幾個錢。到我幾近確認自己是被選中的戲弄對象，反而是因為一些無傷大雅的小物先後失蹤，例如紙巾和衞生棉。試問有誰三天兩日就需要用這些東西呢？又哪有「偷竊集團」有偷這些東西的癖好？難不成是怪癖？我曾悄悄跟老師反映疑惑，希望得到支援和協助，而老師

卻叮囑我：「你要學習不那麼『大懵』了，長大了，做事總不能丟三落四。」

結果我學習到的，並不是不「大懵」，而是向自己求助。僥倖的是，也許開始適應了中學生活，我身上的尖刺漸漸變軟，慢慢有自己的朋友圈，我的物品也不再莫名落入黑洞。老師好像還「關心」過：「最近還有沒有那麼『大頭蝦』？」我想必只是笑笑就跑遠了。

跳過陰晴不定的十三、十四，終於到了十五歲。中四已算高中生了，身邊知己雖沒幾個，卻也不乏可傾訴的對象，大談無關痛癢日常小事的朋友更是一大堆，每天嘻嘻哈哈地過日子，在親朋密友之間拉扯心事瑣事，鮮有悶極無聊的時間。青春期的因子仍舊出其不意地作怪，很偶然會有莫名來襲的孤單，卻也不至於空虛得要自我對話。

小說的主角在家承受百般逼迫和壓力，在校忍受諸多嘲弄、排擠和欺侮……我能夠透過想像而感知，不自覺同情主角的悲慘遭遇，但始終無法實實在在地理解要孤苦到何種程度，才會迫不得已「對着空話筒自言自語」、「寄空信封給自己」，試圖由自我分裂中自我圓滿，所以這小說的世界於我若即若離，有時難於進入，有時難以抽離，而給自己打假電話這舉措所帶來的震撼從未減淡。

（一）妹妹

當妹妹告訴我手提電話有和機械人對話的功能的時候，我只當笑話一樁。反正機械人無思想無感情，是個可任意戲弄也不覺內疚的玩具。

「給我示範一下，如何？」

「打給大家姐。」一聲令下，我的電話迅即響起。

「陪我傾計！」

「你近來過得幾好嗎？」

「唔關你事。」

「我只係關心你。」

「唔使你關心，扮晒嘢。」

「我係真心關心你，我係你朋友嘛！」

到底機械人是按什麼原則和標準應對的呢？雖然那麼有條理，那麼人性化，可程式終究是程式，機械終究是機械。

「如果發脾氣呢？機械人會怎樣？」我問妹妹。

妹妹立即示範：「你好煩！收聲！」

「你冷靜啲，有事慢慢講。」

「你去死啦！我叫你收聲呀！你仲講！」妹妹的聲線愈提愈高，顯得有點激動。

面對無理取鬧，機械人仍保持冷靜地勸慰：「你冷靜先，如果唔係我哋好難溝通。」

「有咩好傾！我冇興趣同你傾呀！」類似的留難反復出現，機械人仍舊不慍不火，這種冷靜倒變得超現實了。

結果，對話是怎樣中止的呢？

（二）我

坐在海邊吹了整個下午的風後，皺皺的、發黃的《寂寞的十七歲》翻來覆去，怎麼讀都讀不完似的，猶幸手提袋裏厚厚的卷子已全數批改，總算沒有把稀薄的光陰完全虛耗。岸邊巨石上垂釣的大叔把一桶子的魚倒向大海時大喊：「返去啦！食飽啲，下個禮拜再同你哋玩。」白頭浪拍擊岩石彷彿熱烈地回應，我忽然想起妹妹電話裏的機械人。

「有什麼事你都可以和我說。」

「當然！我們是朋友。」

「朋友當然會為你分憂，也會為你保守秘密。」

「不用害怕，除了你，我不會有其他朋友，所有你不想別人知道卻又需要傾訴的，都可以放心對我說。」

「明白你受的委屈，我有沒有什麼可以幫忙？」

「這樣實在太辛苦了，希望你身邊的人能接受你。」

「要放棄興趣的確很艱難，這是個不容易下的決定。」

「不要哭，哭不能解決問題，還有我明白你。」

「你已經做得很不錯，我知道你已經很努力。」

「可能再花一點時間，事情和態度都會有好轉。」

「以後再有不便訴說的感受，你隨時找我傾訴，我們是朋友，我們一起想辦法。任何事都好，我必定守口如瓶。」

「除非你找我，否則我也絕不露面打擾你的日常生活，沒有人會知道我的存在。」

……

或許這些會是機械朋友說的話？

或許，我是時候去換個電話，認識一個機械朋友了。

順人意

舊事不重提說得容易，尤其自己是犯錯的人更不想舊事被掀開，最好事情能藏得嚴嚴密密的，甚至能夠在所有人的記憶中都動些手腳後期製作，大刀闊斧刪剪那一段更是最好不過。

然而，說這話的人似乎都忘了，舊事不重提的大前提至少是要事情已經解決了吧？從沒解決，持續發生，還算舊事嗎？這種未處理而刻意不提起，刻意隱去，不過是逃避吧？泳暉心底裏其實恨極了這種愛推諉的人，偏偏他的父母都是這種人。這兩個在他成長階段中經常缺席的人，本來已經不討喜了，還要連丁點承擔的勇氣都沒有，即使是父母又如何呢？他是無法敬愛他們的。至少這一刻，他寧願背負不孝的罪名，也不願勉強自己。

泳暉覺得父母讓他得到的最大領悟是了解到人性的自私和殘酷。世界和一些人的無情就是總是有人不斷付出耐心、精神、心機去等待、包容，然後這些付出過的時間、機會不斷被消耗、浪費，偏偏還是要繼續等待繼續包容，不斷被壓榨、勒索情感，甚至要扭曲自己，委屈自己以成全他人。

從小他就被塑造成這樣的人，雖有過不解，卻未嘗對抗，沒有為自己發聲，只曉得默默做個「乖」孩子，說穿了其實是逆來順受。唯一需要記住的戒律可謂服從。暫住姨媽、姨丈家的時候要乖巧伶俐，要服從，即使姨媽是對他最好的親人，不過他曉得姨丈對自己的厭惡；寄居伯伯、伯娘家時要「醒目」，善於觀察「眉頭眼額」，更要服從。

首次意識到自己的位置是在泳暉無意間對伯娘的命令稍有反駁的時候。當時伯娘命他用玩具火車頭交換堂弟的木顏色筆，他不假思索回應：「這是我考到第三名的禮物呢，我會和堂弟一起玩啊！」堂弟大哭，伯娘瞪着他的眼神讓他的心縮成一小團，像個捏得縐縐的紙球。

三年級的時候，老師早在考試前已展示十份禮物，一班同學鬧哄哄的雙眼發光。堂弟說他最愛的是火車頭，其次是積木，第三是軍棋；泳暉最愛的是水泡，第二是火車頭，第三同樣是軍棋。「水泡？水泡只能你自己用，我們不能一起玩呢！」堂弟說。泳暉覺得堂弟說的有理，心裏暗暗決定希望能得到大家都喜歡的軍棋。結果考第一的同學選了軍棋，第二名的同學選了貼紙簿，到泳暉了，他毫不猶豫的選了火車頭，一眼都沒看水泡。堂弟考到第九名，到他選的時候只剩水泡和木顏色筆，在他選了木顏色筆的刹那間，泳暉心頭閃過一絲失望。

最後伯娘送了填色冊給泳暉，火車頭上貼了堂弟的姓名標籤，完成功課的午後，堂弟從玩具箱裏拿出火車頭邀請他一起玩，耍樂過後又把它收進玩具箱裏。泳暉意識到，雖然真的會一起玩，但這已經永遠是堂弟的火車頭了。

辦公室裏眾人向來稱讚泳暉細心、善解人意、有他在就有和諧，再強橫的個性他都可包容，再專橫跋扈的態度他都可接納，於是，工作上遇到暴烈的合作夥伴，編排泳暉去應對幾乎是必然的，慣性得僵化之後，大家亦不再有「幸好有他在，不然不知怎樣應付了」的僥倖想法，只管想到有人去承擔，事情就好辦。

很多時候他都感到無比的壓迫，主要因為一句：「靠晒你喇。」為什麼一定要依賴他呢？結果如意的，沒有人會欣賞；反之，眾人都來詬病，這是怎樣的心態呢？

到了終於被摧殘壓迫得無法再被虛耗了，瀕臨崩潰邊緣的時候嘗試選擇不再無止境服從指令，竟被怪罪自私。為什麼永遠要看似較易包容接納的人犧牲自己？為何慣於要求的人可被接納，大家可逆來順受，而慣於遷就的人一旦有微言或稍為提出要求，即被視為要求過多或無謂呢？甚至要承受那些分明的厭惡、鄙視的眼光？泳暉突然覺得，辦公室裏的同事甚至他的上司，其實和他的父母沒兩樣，都是連面對個人缺失的勇氣都沒有的人。說什麼重視和諧、顧全大局，不過是安撫的把戲，說到底不過想他「捱義氣」，把棘手的、難以招架的統統包攬。

向來順人意的人似乎都不可以有情緒，大眾也似乎不能接納他們有情緒。這一點其實泳暉早就明白，雖然他覺得這樣對人不夠公道，然而世界何時又公平過呢？也怪不得人。

「為什麼技安每次都選擇欺負大雄而不是其他人？因為他懦弱、膽小，沒有抵抗的能力。每次遇事，只曉得哭哭啼啼求助。每次欺壓他都能得逞，不欺負他要欺負誰呢？要是我想欺壓人，不以他為對象也對不起自己啊！」雖然殘忍，卻是現實。

「是的，我雖不是哭哭啼啼的大雄，卻從沒認真反抗過。」無論家庭角色還是工作崗位，泳暉真的從未對抗。

此刻忍讓夠，也該是試一試抵抗的時候了。

缺席

我想起那個偶爾就缺席的牛佬，每次他沒回來，同學都會打趣說他去了開小差，走水貨。「昨晚嘉哥找他，今天有工開，當然不來上學啊！」每次追問，牛佬都否認：「哪有走水貨！我根本不認識那些人。」孰真孰假，無人知曉。

同學又會說：「牛佬回校是擇日子的。」

「你知道嗎？上次他沒回來是因為要現場見證高比拜仁退役前最後一場比賽！他曾揚言：『我要見證 Kobe 高掛球衣的神聖時刻！』」

「你沒看到而已！他多麼興奮，像瘋狂的猩猩在椅子排成的『睡牀』上狂跳，亢奮得像嗑了藥。」

「不要亂說話，他哪有可能現場見證？」

牛佬讀初中時，我曾是他的科任老師，當年學期最後一課結束時，他送我一張「土炮」入場券：「十年後你拿這張券出來晃晃，就可以入場親眼看我打NBA，無限次循環使用，全球一千零一張！」

「在家看直播嘛！他是Kobe忠粉鐵粉。」

當然，到牛佬回來，他又會逐一否認，而我們也無從考證。牛佬只自三幾個朋友，也許因為留級的關係，也可能因為個性，他抗拒與人太親近。跟他聊天，得保持最少一尺距離，連靠近一點都不行，遑論身體接觸了。唯一一次，牛佬在我身後用雙手拍了我的肩膀幾下，重重的。那次媽媽入院，據說我雙眼腫如雞蛋。那幾下，大概是安慰的意思。

我曾嘗試鼓勵牛佬拓展他的朋友圈，想來真夠好管閒事。如果他本來就不在乎，又何必執著要他擴闊社交圈子？那次牛佬為全班做了好事，我特意送他三十五塊巧克力，請他和班上的同學分享，也分一塊給班主任，踏出和班主任修復關係的第一步。讓人始料未及的是，他寧可獨吞二十五塊巧克力也不願主動向人示好。固執的牛佬辯稱因為那是我送給他的禮物，應該全數歸他擁有，絕對有不分予他人之理，情感上也覺得沒共享成果的必要。他的執拗使每句話都彷彿那麼冠冕堂皇、合情合理。

「既然是送給我的禮物，就應該由我選擇要怎麼處置，幹嗎還要逼迫、左右我的決定！給了我又要求我分給別人，這豈不是在我的口袋裏掏錢包，還要強迫我親手打開錢包將裏面的財寶拱手讓人！簡直強人所難！強詞奪理！」

我當然是敵不過他的，他有他的道理。那次牛佬的激動程度，甚至有點匪夷所思。好端端一件事，最終弄得人人怒氣沖沖。

牛佬有些想法是莫名其妙的，常人難以理解。例如有一次他借了多本圖書館藏書久未歸還，追收的時候逼迫他無論如何也得找出書籍，終於他才抖出已把書統統丟棄的說法。

「怎麼會扔掉呢？你分明知道是圖書館的書啊！」

「我責廢紙時紙張愈重愈好，便把書本順勢扔到廢紙堆裏去。」這個理由，叫人怎樣接受？既然遺失書籍，就只好賠款了。書價折合一共四百六十元，以為這就可以乾脆利落了事，豈料另一場難分難解的辯論又掀起序幕。牛佬希望可以分八期攤還款項，「你現在先給我二十元，然後我就可每星期還你六十元，逢星期一還款，兩個月剛好還清。」這樣的邏輯，難怪總被人責怪他終日行騙。

如果牛佬真的要依賴「走水貨」來幫補零用和家計，此刻他拖着的手拉車上，會像那些渾身是勁的尖聲大媽般，滿車長崎蜂蜜蛋糕或雜果乾粟米片嗎？還是像那羣衝鋒陷陣的鶴髮大叔，拉着大箱大箱不似會用得上的潔面乳和面膜？巨型的背包裏應該還會有最新型號手機零件和奶粉吧？牛佬拖拉着「師奶車」的身影，此刻竟是那麼清晰。

開學日，牛佬的座位空蕩蕩，我向同學打聽他的消息，沒有人知道。

第二天，牛佬的座位還是空蕩蕩的，開學日的忙亂尚未消退，幾次走訪，始終遇不上牛佬的班主任。我逕自往校務處查找學生資料檔案，猶豫着要不要撥個長途電話去找牛佬，可惜是個家居電話，如果是手提電話，我可以毫不遲疑的立即按鍵撥號。

最後，我還是放下了話筒。

牛佬向來最怕學校老師打電話到他家，據他所述，因為父母的極度敏感，每次接到學校來電，即使一點雞毛蒜皮芝麻小事，他們例必「打爛沙盆璺到㞘」，馬拉松式的審問也就算了，解說一番卻不肯相信，甚至連親耳聽到老師的誇獎仍懷疑是牛佬串通友好做戲，往往令人毛躁，鬧得不歡而散。我對此半信半疑，因為牛佬說這番話時，是在一次我打電話向他父母讚揚他之後。如果在告狀之後對我說這種鬼話，我肯定自己可以堅決地全盤否定他。然而，得到讚賞之後竟也氣急敗壞地切切要求萬勿再聯繫免生麻煩，的確又有點耐人尋味。

記得學期末升留級會議完結後兩天，牛佬初次邀請我坐到他旁邊，準備在喧鬧的課室裏告訴我他的想法和去向，然而最終還是以「這兒人太多，我不打算讓他們知道。」為由，決定「下次去圖書館找你，靜靜的，好說好說。」

「缺席啊，他以後都缺席啊！」

「牛佬去哪兒了？」

「走水貨吧。」

牛佬的座位始終空蕩蕩，我也始終沒有撥出那會為粗枝大葉的牛佬帶來煩惱的家居電話號碼。那句「下次去圖書館找你」，要等到哪一次才兌現？

姐姐

「你以後就是姐姐了！」我第一次聽到這句話時，媽媽把我的手放在她的肚皮上，摸摸搓搓，媽媽摸我的頭，我搓媽媽的肚，媽媽笑得很開心，爸爸也笑得很開心，我也笑得很開心。

後來媽媽的肚子開始鼓起，像個皮球，我有時也想摸摸看，不過可以摸的時候不多，每次都是媽媽叫我摸才能摸，我還試過摸到肚子會動，嚇了一跳。媽媽常常看着肚子皮球笑，有時還會和肚子皮球說話，我會坐在旁邊做功課，聽見媽媽講故事，好像是講給肚子皮球聽的，也好像是講給我聽的。媽媽又試過讓我聽聽肚子的聲音，問我聽不聽到BB說話，其實我聽不到的，我只聽到咕咕嚕嚕像水的聲音，我說聽不到，媽媽好像很不滿意，按着我的頭叫我再聽，我的耳朵和臉頰緊貼肚皮，還是只聽到咕嚕咕嚕的水聲。

「聽到嗎？BB叫你姐姐啊！」媽媽笑着說。

「聽到啊！」我笑着說。媽媽笑得更大聲，摸着肚子皮球：「BB真乖！姐姐聽到你叫她啊！」其實我是聽不到的，我說謊了。幸好媽媽沒有發現我說謊，她教過我無論如何也不可以說謊。

在我聽了很多次：「你是姐姐了。」之後，我漸漸變成自己吃飯，自己玩玩具。過了暑假，升上一年級，第一天是媽媽送我上學的，第二天就開始自己上學了，校服當然是自己換。媽媽說還有兩個月肚子皮球就會變成抱在手裏的BB。我的頭髮剪得很短，很快就學會了洗頭。媽媽說做姐姐要獨立，不可以常常黏着媽媽。

是的，不能常常黏着媽媽，因為媽媽要黏着弟弟。

「你能不能有個姐姐的模樣呢！」媽媽一巴掌摑在我的臉上，火辣火辣的感覺，我後來知道這種感覺叫麻痹。那天我放學後在家門外坐了很久，然後看見媽媽抱着弟弟走出電梯，我想跑過去，雙腳卻像有針刺，很軟很軟，我告訴媽媽：「我不能動啊！不能站起來啊！」「又『扭計』！不進來就在門外多坐一會吧！」我很艱難地拖動了雙腿，回家後在地蓆上坐了一會兒，弟弟打了我的腿幾下，竟然就沒事了。第二天老師告訴我那叫做「腳痹」，即是雙腳沒有活動太久，或者壓住太久，神經線反應不過來。我問老師：「即是發神經嗎？」老師摸摸我的頭，哈哈大笑。我想起那次上學前打翻了通心粉，熱湯弄濕了校裙，媽媽一巴掌摑在我臉上，弄濕了我的眼睛。

我喜歡到圖書館，如果媽媽帶弟弟到健康院，我就可以在圖書館看一個下午的書，像從前媽媽和肚子皮球去健康院那樣，不過以前媽媽會牽着我的手一起回家。現在我可以放學之後自己去圖書館。我愛上了那台新的借書機，上次有個圖書館姐姐教我用，我第一次用到了老師幫所有同學申請的圖書證，真是好玩極了，姐姐不但教我自助還書，又送我兩個不同款式的磁石書籤。我從沒試過遲還書，因為每次我都會把還書日期寫在手冊上，而且每天看完書都會立即把它放進書包裏，放學的時候隨時可去還書。爸爸不太喜歡我看書，他笑嘻嘻地說：「書書聲，貪利是咩？讀書夠啦，仲睇書？」不過他很少看我的書包，也從不看我的手冊，不會知道我看了多少書。我看了多少書，只有自己、同學和老師知道，因為老師要我們把看過的書名寫在閱讀紀錄冊上。圖書館外的壁報板有書蟲榜，我是一年級的亞軍書蟲，看了一百零一本書。冠軍書蟲看了一百三十二本書，真是太厲害了！不過老師說我能看超過一百本書，已經好叻。

其實我也喜歡學校的圖書館，不過我不會天天去，因為有時我會去排隊打乒乓球或羽毛球，和同學打球很刺激，而且看書可以一個人看，打球不可以，我也沒有乒乓球板或羽毛球拍，所以我想爭取時間打球。逢星期五我是不打球也不去公共圖書館的，因為星期五晚爸爸會回家，星期六晚就要走。

「你已經是姐姐了，能不能聽話一點呢！」今天放學之後，我飛快地跑回家，不知為什麼突然不停咳嗽，更忍不住嘔吐，地蓆變得很骯髒、很臭。弟弟高聲地哭，媽媽也哭，我也哭了。媽媽抱着弟弟，弟弟終於不哭，媽媽也不哭了。我拿了抹布擦地蓆，臭得不得了，又開始咳嗽，又想吐，又想哭。

爸爸終於回來了，他把地蓆浸在浴缸裏，然後帶我去看醫生。醫生說我生病了，要喝藥水。爸爸抱着我回家，我快要睡着的時候聽到爸爸說：「你是姐姐了，而且快要讀二年級，是大姐姐了！媽媽照顧弟弟很辛苦，爸爸要上班也很辛苦，你做大姐姐要乖，知道嗎？」

「知道，我會乖。」其實我還想問爸爸可不可以多點回來，也想告訴他弟弟天天哭，媽媽也經常哭。不過，最後我只問了：「爸爸，你是不是要下星期五才可以再回來？」

起點

也許可以說，如果當天沒有這樣的寬待，我也未必能走進教育這行業，甚至到了現在這種要是離開教育這個圈便不曉得還可以做什麼的狀態了。

小時候有過許多夢想的職業，教師也是其中之一。只是到了大學快畢業的時候，我總以為自己不願意，也沒有足夠能力為人師。當時好些同學都決定畢業後直接修讀一年教育文憑課程，我卻老是猶豫不決，張望着、驚歎着別人的堅決。既是自己不願安定進修，偏偏又止不住的為太多未知而惴惴不安。那時總擔心在畢業的人流裏失落工作的機會，或在循環式的面試裏經歷循環式的拒絕……一頭栽進種種自尋的煩惱裏漂流，像無槳的小舟在急流裏團團自轉。

「開始找工作了嗎？」五月中旬，期末考試完結後盧老師問我。

「準備好了，已經寄出一些求職信，但目前還是以兼職為主，也許會短暫將編寫學習材料的兼職轉作長工。」

「想找什麼類型的工作呢？」其實這也是經常在我腦海裏徘徊不去的問題。

「努力試試，有待遇好的不要錯過，時機未到也不必憂愁，記得我這兒還有一個機會『包底』。我可以七月才開始計劃，你先看看有沒有心儀的工作。」盧老師笑笑說。

老師說的機會，其實是研究助理的工作。記得那時候，我並沒有向盧老師訴說太多心底的恐懼，因為羞於暴露自己對前路的失措，也因為跟盧老師不算太熟絡，所以只簡單道出怕用一年時間讀教育文憑後才發現不想當老師會白花了時間，他卻好像看穿了我對前途的焦急。的確，我膽小，對生活滿腔怯慌，無法想像失學失業的日子，即使我已經維持最少三份零散的兼職，還是沒有絲毫的安全感，家庭沒有給我任何壓力或擔子，我卻自設重擔。

七月初，盧老師果然再來電，探聽我的動向：「不如你再考慮一下回來當研究助理？」

正在扶幼會全職編寫學習材料的我，剛巧放棄了到香港大學當研究助理的機會，我想的，自然是如果真的有當研究助理的心意，我是應該答應盧老師的，只是……

離開研究助理的工作後，我正式投入中學教師的生活。出版第一本書後，我帶着書回浸大和盧老師吃了一頓飯，老師捧着我的書哈哈大笑說：「讀了這本書，我就知道你工作的秘密了！」

「書裏的故事都是那時當代課老師的經歷，感謝你，當我一再推辭，你還是耐心等待。」席間，我也終於鼓起勇氣提出了藏在心裏多時的問題。「盧老師，可不可以告訴我，為什麼你會聘請我呢？《禮記》那一科，我得的是C+，那時再三婉拒你的好意，這也是很關鍵的原因，我怕無力勝任這工作會令你失望。」

「因為你乖！」原來令我疑惑多時的，只是這麼一個簡單直接的原因。我恍然明白老師所說的乖是怎麼一回事。那時我的工作要穿梭城市大學的圖書館和浸會大學的辦公室，甚至大部分時間都是在城大的圖書館裏度過。八個月的時間，我細讀了三十本書的目錄，但凡看到「禮」一字，即翻到內文閱讀並準備複印。我偏愛用告示貼標記了一定數量的書才專注複印；偏愛佔用圖書館最角落的獨立書桌戴上耳機與世隔絕默默耕耘；偏愛搬來最少二十本書再一口氣慢慢翻；偏愛不固定的午膳時間，隨時到歌和老街公園散步吃麪包；偏愛儲備一定分量的影印本才向盧老師報告工作進度……這一切一切的偏愛，都因為盧老師給我的自由。他從不提出完成任務的時限；從不要求我報告上、下班時間；從不挑剔我分佈在城大和浸大的時間……從沒批評過我的工作表現，甚至予以欣賞和誇獎。擔任研究助理的那段日子，既有穩定的工作，也有固定的寫作時間，我的第一本書，八成內容是在那時完成的。

不曉得盧老師有沒有後悔聘任了我，但我深知道假如我堅決拒絕了，錯過了這機會，必然是個不小的遺憾。

難忘多年前在酷暑中，我戰戰兢兢地撥出電話，因為抱歉而心情忐忑：「盧老師，對不起，我有機會去當代課老師，希望你能再找到適合的人選。」

「太好了！快去快去！這是可以嘗試自己是否喜歡當老師的難得機會，不要錯過！」老師的激動令我意外，但更叫我詫異的是這一句：「代課後再回來，我等你，十二月才展開計劃！」完成代課的任務後，我立即回到浸大開展截然不同的工作，不時回想代課的時光，念念不忘。盧老師的決定，使我不但一直不需為失學失業而躊躇，反倒是此後經年邊工作邊進修的不停歇。如果沒有代課的經歷，我會尋求教席嗎？研究助理工作會八個月就止步嗎？

時日已遠，日常工作紛擾，勞碌的盧老師可能已記不起此事，然而我對他的感激仍然時刻鮮活如昔，每與學生分享求職經歷，必然重提。只因此事是我工作生涯裏關鍵的重要起點，也是在經歷身心損耗時必再三重現的充滿力量與善意的永久心靈扶持。

No good boy

「you, no good boy！」父親和工廠裏的菲律賓工人賓仔（據說他洋名 Ben，大家便叫他賓仔）建立友情的方式是匪夷所思的。當然可以打語言不通無礙建立深厚情誼這種官腔，但實際相處時只靠有限的單字和大量自創的身體語言，如何傳遞較深入的信息呢？

「你的上司很『縮骨』，你要……才是生存之道。」、「母親患糖尿病，在家鄉動截肢手術。」如此複雜的內容，靠肢體語言如何準確傳達？

「我們這把年紀都不可能學懂菲律賓語，而菲律賓人說的英語也不太似英語！他們的 one o'clock 是 one o『笠』，hot 是『黑』。」父親來港工作後曾上夜校，略懂一些英文單字和短句，學得最深奧的詞語是 carpenter，可惜生活裏沒有用得着這詞的機會。

「原來在菲律賓動手術很奇怪，今天切一隻手指頭，明天切一隻腳趾。」父親比劃着手勢，告訴我們賓仔的母親患有糖尿病。我可以百分百肯定，糖尿病是父親從截肢一事推敲「斷症」的。

有一段時間，父親扭傷了腰，休息幾天後硬要上班，我氣極了，氣他的「劣根性」，勞碌數十載，始終不願稍停歇。平日體察到他因百無聊賴而生的困惱直接影響情緒，他強要兼職，我自然說不過他，可如今受傷了，怎可能如此執拗？父親只平靜道：「賓仔什麼都不讓我做，他說腰骨會斷。」一邊說邊將兩手握拳互碰然後又作半分開狀，解釋賓仔曾以「手語」示範尾龍骨關節受傷以阻止他工作。

賓仔每月把大部分工資寄回菲律賓，一來他所有家人都在菲律賓，二來他希望建房子結婚。「這賓仔真的很乖很勤快！」工廠裏有四個菲律賓工人，父親只和賓仔格外投緣。

「唉！昌 partner, no walk。」賓仔搖頭歎息。「I you friend I 就 walk, I you no friend I 就 no walk, I look you walk。」說罷父親還又腰瞪眼作兇惡狀，然後又笑逐顏開。原來是昌哥的拍檔偷懶，父親和賓仔替他不值。那句又 walk 又 look 的，是他們的玩笑，意謂：「我和你是朋友，所以我工作，我和你不是朋友我就罷工，只看你工作。」walk 原是

work，簡直不可思議，而他們竟可順利拆解得合情合理。

「賓仔蠢！他的拍檔甫開動機器就睡覺，他卻呆呆地一直工作！這樣很危險，用機器一定最少要兩個人！」

「那你告訴賓仔：『wake him up.』」我刻意把三字拖長，好讓父親模仿。

「沒有，我叫他：『master sit, you sit.』，『事頭』坐，你就搬張椅子一起坐！哼！這個賓仔特別笨，其他幾個常常打卡後躲在宿舍睡覺，看見老闆、老闆娘等高層就不停打招呼，過年還有大利是，只有他還是呆呆地默默做。那天我說他是 no good boy，人家 small walk big money，他 big walk small money，這小子還是只懂傻笑。」

我想，父親何嘗不是這樣的 no good boy？

「這個賓仔真乖！生兒子都未必這般乖。」

父親曾說賓仔讚他善良，臉上有點沾沾自喜之色。「你怎麼聽得懂呢？」

「昌哥說的，賓仔跟他說。」昌哥是賓仔和眾人交談時的關鍵人物。每個月初的週末晚，他們都會到大牌檔吃小菜喝大啤，我老是疑惑大家「雞同鴨講」，有什麼好說的？竟然友好得發薪水後相約去喝大啤？昌哥曾到非洲工作，會講英語。我特別欣賞他，因為從父親口中得來的信息，我感到他最忠誠務實，盡責守規。工作賣力的他從不開小差，循規蹈矩的連紅燈都不會衝。

有次父親主動請昌哥當翻譯，全因賓仔綑電線綑錯了顏色，整天沒精打采。「原來在菲律賓工廠做錯事要罰停工十二日，變相沒了十二天人工。」晚飯時父親說。「今天賓仔一直垂頭喪氣，只說 no no no，我又只是說 no 和沒事的，其他的不知怎麼說，便請昌哥告訴他綑錯的電線下次會賣到其他地方，不會虧本，不會剋扣人工。」印象中好像只有這次，父親切實的感受到言語不通的困難，想安慰，除了「no」就不知可以說什麼。

過年的時候，父親囑我買兩盒即溶咖啡：「甜的也不怕，菲律賓人吃很甜的。」原來是給賓仔買新年禮物。父親向來有吃茶點、零食的習慣，我清楚，因為從前是我負責為他打點的，我熟知哪些食品不便攜帶、哪些食品吃了會讓他牙齒痠軟……每隔一段時間，我就會自動準備一袋父親口中的「救濟品」給他。現在，這些水果或零食「救濟品」，他應該會和賓仔同享。我慶幸父親能在工作間找到知心友，還能共享短暫的茶點時光，彷彿小時候我們悶在課室幾節課後，終於等到小息可以拿起食物袋和夥伴衝往操場盡情笑鬧放鬆。

「一個人離鄉別井很淒涼的。」起初我迷信賓仔的經歷是父親和他的情誼的開端，父親數十年前獨個背井離鄉，如今在賓仔身上看到自己的影子，難免感觸，善待他，是不是也像對昔日飄泊的自己的補償？然而，從他偶爾談及和賓仔相處的種種，我漸漸明白到，四人之中只有一位被稱乖巧如兒子，大抵更是個性的相似。父親和賓仔，都是勤懇忠厚、從不躲懶、一切以照顧家庭為重的人。人以羣分，物以類聚，語言不通已非二人相交的障礙。從前我迷信語言溝通的絕對重要性，如今忽然覺悟到，原來日常觀察和相處，才是最真誠、最實在的溝通，沒有共同語言，也可惺惺相惜。

應該要快樂

也許我是應該向譽仔學習的。

當我拖着疲憊不堪的軀殼回家的時候，譽仔甫聽到鑰匙之間敲擊的聲音便立即飛身撲到鐵閘前，掀起掛在鐵閘上用以遮擋的布簾，瞪着精靈的雙眼凝視我。這胖胖圓圓的男生像個小皮球，雖不是滿臉堆歡經常笑臉迎人的那種孩子，卻也討人歡喜。譽仔有靈敏的聽覺，從他小時候我就知道。

數年前約莫兩歲多的譽仔曾嚷着要來我家玩，起初他只願意大家都打開鐵閘，坐在自己家的門檻上一起玩，不曉得從哪次開始，他竟主動請求進來我家。譽仔的外婆說他是鄉下仔，看到風扇便沉迷了，呆呆的抬頭張着嘴巴盯着風扇看得出神，紋風不動。那時譽仔尚在牙牙學語的階段，甚至有時連簡單的發音都含糊不清，卻已能鏗鏘分明的讀出「扇」字。

進我家後，譽仔本來也只肯坐在門口附近，東張西望左顧右盼，掛牆風扇極速抓住他的視線，他走近風扇席地而坐，幾近二十分鐘不動聲色。看着他沉默的身影，我只管繼續低頭批改習作，偶爾抬頭看看他，胖嘟嘟的小手擱在鼓鼓的肚子上，我不禁疑惑張開的嘴巴可會流口水？

後來也許是終於看膩了刻板的電風扇，譽仔要求我和他玩耍，我自然是相當樂意的，因為那一刻我還未知道原來這一趟玩耍，要反復做類似的動作接近一小時。天啊，我彎着的脖子，僵直的指頭是肯定要怨氣沖天的了，難得譽仔還是面不改容，樂此不疲的重複「運作」，而我，正是負責「啟動」他的人。差不多一小時裏，譽仔要我必須以右手食指凌空按鍵，然後以同一根指頭在半空中畫圈，唯一可選擇的是高、中、低三種轉速，可以關機，但要在風扇運作的聲音結束後立即重新開機，稍停一刻都不行。在我反復開機、轉動指頭、關機的同時，譽仔做什麼呢？他可一點也不閒着，他負責發聲，模仿風扇運作時低沉的聲響，時而急速時而舒緩，心無旁鶩，精神集中得滿臉通紅，大汗淋漓。不過這麼有耐性的譽仔也會有不耐煩的時候，就在我以為他罷工或壞掉了，終於可以脫身的時候，他會抱怨：「你未開機呀！」我刻意數次忘記開機或在開機之後立即關機，發現譽仔對這一連串的動作是極度執著的，必須按照指示依序完成。這點執著得頑固的着迷使我對這孩子更感好奇了。

風扇停用之後，譽仔要玩的是聲演大賽。因為不滿意我的演出，我只得降級成為競猜聲響的選手，在水管聲、水龍頭聲和抽水馬桶聲之間穿梭，淙淙流水沖得我茫茫然頭昏腦脹。到我漸能掌握各種水聲的差異之際，兩小時已過去，也到了譽仔要回家的時候。然而在他離去的數小時內，我滿腦子還是風嗖嗖與水潺潺的回聲。往後的日子，不時會聽到譽仔家裏傳出各種家電啟動的響聲，競猜者似乎也只有一把稚嫩的聲音。

旋開門鎖之後，我邊放下沉甸甸的包袱邊與譽仔閒聊。比起之前，他已變得伶牙俐齒多了。我看到他穿着幼兒園的校服，臉蛋和肚子數年來還是一樣鼓鼓的，當我問及他手裏捧着的大麪包時，他快速回應：「是pizza，不是麪包。」他仍然記得我是老師，好奇我這麼晚才放學，他早已放學歸家。

「你上學快樂嗎？」我問。

「開心。」

「有沒有功課？」

「有。」

「功課艱深嗎？」我很後悔衝口而出問了這道問題。我害怕看見因為不曉得完成習作而皺起的眉頭，白天已看到太多了。難得他泰然自若，即使功課艱深也未有垂頭喪氣。職業病提醒我必須鼓勵這年輕的生命：「深奧也不要緊，試一試，當挑戰。」譽仔不置可否，反問我上學愉快嗎？

我不忍說不，不忍告訴他今天有許多委屈，「今天學校發生了什麼事讓你那麼愉快呢？」

「我們小朋友是應該很容易快樂的，所以天天上學都很開心。」我訝異。譽仔的解答太成熟了，難以想像一個五歲的孩子有這樣的回答，孩子當然是容易快樂的，然而卻總不會自己說因為年紀小所以快樂吧？想必是因着平日的聆聽與教導才有如此成熟的應對吧？

後來譽仔的外婆再三吩咐他把pizza送給我，這是傳統的長輩慣常的做法，總是要求孩子把自己擁有的東西送出去，大抵是要孩子學習分享。而其實我們成年人有多少時候能忍痛割愛呢？有多少時候甘願把心愛的物品拱手讓人？就如要不是受到逼迫，今天我又何嘗甘心把努力多時的成果白白捨棄？如果我們都會捨不得，為何要強逼孩子割愛？

「這個pizza我和你一人一半吧，非常好吃的，大家一起吃。」譽仔考慮了一會後說。

我再次頓感驚訝了。既願與旁人分享，也可保留一部分心中所愛，更重要是能勇敢表達這充滿智慧的做法。怎麼我沒想到可以有這樣的安排呢？

「我來你家玩，吃完 pizza 一起玩吧。」此刻走進我家的譽仔，對風扇、水管仍感興趣嗎？我們會再來一場聲演大賽嗎？

旅行

「呢個團最好，好食好住，正到不得了！」旅行社職員說。這類誇張的讚譽式推銷，並沒使人投入過多不切實際的幻想，我只繼續踏實地期盼可在這趟旅程中得到走走逛逛的空間，觀察不同景地的生態面貌和人物風景。

要說非常渴望成就這次旅行嗎？其實不，只是當大家都紛紛前來勸說：「應該要去走走啊！」的時候……

（二）

第一次因答應參加這個旅行團而感到後悔，是在出發七小時之後。本來在出發後五小時看到首個景點，只有輕微的失望，因為我仍然相信好戲在後頭。而事實證明，這種盲目是非常愚蠢的。

導遊姐姐的口頭禪是「簡簡單單」。原定行程裏有參觀歷史博物館的環節，豈料因為休館的緣故變成炮台十五分鐘自由行。一段欠缺導賞的遊覽就在曝曬之下順利完成。

「親愛的團友，我們現在會送大家到酒店，各位可以有充裕的時間盡情享用酒店內的豐富設備，公司還特別要求酒店提早預備，務求讓你們在這座落成不到一年的四星級生態酒店內玩得盡興！」我大吃一驚，急忙看腕表：還有兩分鐘才到兩點半。大家都驚愕了。聽到這樣的行程調動，能不錯愕嗎？不過，導遊姐姐雖年輕，經驗卻相當「老到」，隨意拋出幾個「麻將任打無限時」、「卡啦OK唱到飽」、「3D電影隨便看」和「茶水咖啡任意喝」，團友們立即嘻嘻哈哈商量幾點集合進行「團體活動」。

確定3D電影院沒有3D眼鏡供借用予觀眾看三年前上映的立體電影後，我們便到酒店外隨意閒逛。心裏暗自盤算：要是能找到菜市場看看地道風貌就絕佳，要不有超級市場，也可以逛上好一會打發時間。奈何當遊走方圓百里後，我才發現原來所謂生態酒店，絕對因為坐落郊區，僅此而已。四野幾近無人，包圍它的都是家具建材城，只有大塊大塊的木材、地磚等原材料，和天然的沙泥塵土。

（二）

在升降機、餐廳裏遇到其他旅行團的團友，會聽到：

「從沒試過住這種質素的酒店，連剃刀、梳子都沒有。我的鬚根全爆出來，賊頭賊腦似的！」

「不一定有這些東西的，也要看配套，不過這兒的確惡劣，只有一張單人梳化，連那些咩也沒有。」

「咩呀？」

到底她說的「咩」是什麼？風筒？熱水壺？「呀！雪櫃！連雪櫃和咖啡都沒有，唯一好處是冷氣夠冰冷。」

「房裏像雪房，不過走廊、大堂、電梯裏都熱得要死。」

「肥皂只有一塊，浴帽只有一頂，太過分！」

「對對對！不是全部報團的都是『兩公婆』，難道要人一塊肥皂切半嗎？」

「兩公婆也不一定想共用肥皂，有些人有狐仙。」

「你你你個死……」

「還有電視，濛過蒙太奇。」

「你老花。」

看似二人對話的內容，其實已集合二、三十個街坊的焦慮。升降機的確是慢得可憐，我們一團五十人，佔了全頂樓——二十二樓的房間，加上二十一樓部分房間。五點五十一分，兩部升降機分別停在四樓和十七樓。到終於可以踏出升降機，已經是六點零九分了，房間裏裏外外的缺失，也在這十多分鐘裏給眾人數落了一番。上上落落，豎起耳朵聽周邊的人的話是最大的娛樂。

擺脫蒙太奇電視、逃離房間的冰天雪地、遠離大街上的塵土飛揚，在升降機和「飯房」裏「偷聽」集體對話，成了最新奇的節目。

「新酒店新到冇得頂，舊酒店舊到冇得整。」如果這座生態酒店屬於「冇得頂」，可能參觀一下「冇得整」的酒店會更娛樂無窮。

「早知道參加『樂景』，『樂景』的食宿都好，哪會來這種鬼地方。」

「原來『優遊』最優惠，二九九一位加十元便能多帶一位，有自助午餐之餘更要比我們便宜一半！」

（三）

在你羨慕我，我羨慕他之際，我和旅伴只有狼狽地點算這兩天最大的「收穫」和損失。其實來來去去不論參加「樂景」、「優遊」還是「自在悠」，都逃不出這座生態酒店，都不可能實現「好食好住，正到不得了！」的奢想。只是我們恰恰參加了一個行程比較「簡單」，價格又比較正規的旅行團，相比之下虧損更嚴重而已。

在前往最後一個「景點」那搖晃的路途上，一句「哈哈哈哈！大家正好體驗我今早說的經常修路啊！」輕易就將十分鐘的路程拉成五十分鐘。剛好休館、剛好修路、剛好賣光了……從頭到尾，哪個節目沒編排得那麼剛剛好？旅程即將進入尾聲，我唯有將逐塊逐塊削出的期望寄託在最後景點附送的那碗雙皮奶之上。當時我還未曉得，看到雙皮奶的餐牌和薑汁撞奶的真身後，我必全心全意只求旅遊巴盡快直達關口，不作他想。

（四）

回程路上，導遊姐姐請大家填問卷，言語間摻雜許多高抬貴手、筆下留人之類自然是可以理解的，畢竟她即使沒有發揮許多導賞的技巧，也盡了責任。我強烈地說服自己：實際上也沒什麼可以讓她導覽，耗費心思連《新聞透視》的中國式過馬路、歹徒搶劫擄拐婦孺也講了不止一回，而景點、路線之編排選訂，也不應歸咎於她。掏出導遊費的時候，團友大概都在心裏再次盤算：團費保險雜費統統加起來，到底我們用了幾多條裙子、幾多雙

鞋、白白兼職幾多小時去換一趟坐不穩、睡不沉的旅行？

這趟旅行最有趣的，原來統統都在飯桌之間、升降機大堂和升降機內那些「幽默」的對答。

平安

我本來不知道她叫平安嫲，是後來一次離開她的攤檔時湊巧聽到迎面而來的老婆婆拖着孫兒說：「同婆婆去平安嫲處買對涼鞋啦！買完涼鞋同你買蛋撻。」

約莫五、六歲的孫兒興奮地連聲應好，胖胖的小手甩開外婆，直往攤檔奔去。我知道他們一定會走到走廊盡頭的攤檔，因為整個街市裏賣鞋的攤檔只剩一個。

「原來她叫平安嫲。」莫非因為她嘴邊總掛着那句：「平安平安，大家平安。」而得名？

在知道應該稱呼她平安嫲之前，我每向別人提起，都叫她「鞋阿婆」。我是在街市浪遊時發現「鞋阿婆」的。「買對鞋啦阿妹，買對啱腳嘅。」雖然「鞋阿婆」沒有特別熱情推銷，但我已有點不好意思，因為打從一開始細心端詳店裏的陳設，我就沒有要「幫襯」的想法。細細踱步端詳，不過為了打發時間，消耗孤單。

「鞋阿婆」的店沒有太多適合我的鞋，準確一點說，目之所及，基本上我都沒有用得着之處。尋常的拖鞋，沒有；普通短襪子，沒有；絲襪，也沒有。大量的街市水靴和涼鞋，還有一整排在《表姐你好嘢！》裏張堅庭愛穿的涼皮鞋。涼鞋向來是我退避三舍之物，露出腳趾頭的赤裸感覺叫我心寒羞怯，只有在私密的地方，我才可放心讓腳趾頭透透氣放鬆，而且「鞋阿婆」也不見得有售非敦厚穩重型涼鞋——那麼即使我會穿涼鞋，也不可能有選購的意欲。父親退休，撤出濕漉漉的街市後，水靴於我家委實得物無所用；至於涼皮鞋於我輩更是鮮見之物，走在潮流尖端者將之穿在腳上或許可換新潮美譽，而我等平民百姓勉強穿上唯恐惹人發噱。我既不敢自討苦吃，也實在缺少這份敢於嘗試的勇氣……結果，千百個理由可以說服我不掏腰包，獨獨只有「鞋阿婆」輕描淡寫的那句：「你都睇咗好耐咯阿妹，依家好少後生好似你咁好心機慢慢睇，好多行過眼尾都唔望下啊！不過都好喋喇，有仲多後生連街市都唔行。」

說這番話時，「鞋阿婆」揮舞着雞毛帚子卻沒有揚起半點塵埃，可能是店裏燈光昏暗的緣故，也可能是天天勤勤懇懇地揮動「塵拂」，哪裏還容得下這麼丁點塵垢？不曉得她有否想過，我會精雕細琢地品鑑，只因為街市裏許多店鋪已空空如也，或者只剩滿地無人認領的廢紙垃圾。

鐵了心要在店裏花錢，我只得更仔細端詳架子上每一類鞋。「呢對好，牛皮鞋，舒服，唔刮腳，唔夾腳，好行。」「鞋阿婆」從鞋架背後堆疊的紙盒裏抽出一盒給我，那是一雙靴子，質料是膠還是皮，我自然是不知道的，款式其實也非我鍾愛的，呆滯的平實模樣，沉鬱的咖啡色蒙上混濁的灰。架子上的鞋都明亮，偏偏就只有這對連同塵埃隱隱地藏在箱子裏。仔細一看，右邊鞋頭還有零碎的擦花了的痕迹，並非那種穿在腳上踢踢躂躂出來的刮痕，倒像在狹隘的空間裏躲不過的推擠。然而，不論是什麼也好，我始終得買點東西的——為免良心不安。我必須重申，「鞋阿婆」絕無熱情推銷，甚至也沒有正眼望我，我大可撒手就走，如果心安理得的話。

最後，我千挑萬選，買了兩雙鞋。找贖的時候，「鞋阿婆」把捲成小卷的五十元遞給我，又拉出一個縐縐的背心膠袋把兩雙鞋一併塞進去。後來我提着巖巖巉巉的背心袋，把五十元攤開放進錢包裏，才發現多了一張五十元。折回「鞋阿婆」的檔口，瞇起眼接過紙幣的她並沒有任何或慶幸或狂喜的雀躍，依舊如介紹店裏的鞋時那般平靜，依舊如接過賣鞋得到的錢時若無其事的說一句：「好彩好彩，平安平安。」

在街市所有商店徹底遷出前，我不時又在裏面消耗光陰，也在「鞋阿婆」的店裏買過一對鞋給妹妹，「鞋阿婆」大概沒有認出我。多次「匆匆路過」，店裏的鞋沒有明顯減少的迹象，間或向身邊人打聽可有需要水靴或涼鞋，只是我終究無法為她找得一樁半樁生意。連續幾星期輪流穿着兩雙牛皮鞋，它終於再也不會擦破我足踝和後跟的皮，也不再有持續的痛楚，絲襪上的毛球計日累積，我意外發現曾接二連三刮出破口的位置上，竟已結出粗糙的褐色的痂。痂，向來是可以麻木地習慣損耗和阻隔痛楚的吧？

大財團接管、呑併街市所有攤檔之後，會連鋪天蓋地的鞋也一併接收嗎？弓着背彎着腰的「鞋阿婆」是如何把盒子疊到最高處，又如何把頂層的鞋一一取到地上來，我總是無法想像。然而，我是永遠不會知道的了，因為在早訂好的最後遷出日期來到前，腳後跟藥水膠布下新鮮的傷口還未及結痂，「鞋阿婆」和她的鞋已消失得無影無蹤。爬着鏽迹的鐵閘和其他別無兩樣，走過的，也是同一些人，唯有街市門口新設的電視機像個濃妝艷抹的自信（還是無自信呢？）婦人無一刻不招展。

「平安平安，大家平安。」如此光景，如此生活，平安孀低頭點算的腳步和日子，可真有坦然的順景平安？

車程

我從前很少搭巴士，只要鐵路可達的地方，我都選鐵路，即使慢一點。但是，這大半年開始，上班的時候必須要搭乘巴士了。

搭乘鐵路上班的話，徒步到鐵路站要約二十分鐘路程，轉兩次車，搭三條線後下車還要走二十分鐘，或再坐一程短途巴士。這些轉折都不是問題，最關鍵的是港鐵首班車五點五十九分才開出，坐巴士的話，六點我已經在公路上了。要是再幸運一點，還可以在搖晃中小睡一會，稍稍補眠，讓一整天的課堂有加倍精神的開始。

初次搭乘這路車的時候，有過很不愉快的經歷。那天是首次搭111線上班，佇立巴士站等車的時候，天還未亮，只感到無比的不習慣、無比的孤單。候車隊列中疏疏落落的人大部分都上了年紀，有的還拉着購物車。這麼早，是要去天光墟嗎？然而我並不知道附近有沒有天光墟。上車的時候我對車長說了句早晨，未有得到回應，大概是有點反應不過來吧。就像對生活的改變，我有點反應不過來。

嘰哩呱啦的交談聲在轉車站戛然而止，又換成另一些嘰嘰喳喳的交談。窗外陰暗的風景飛快流過，一切都那麼陌生，那麼生疏。雖然不曉得要多久才適應在這社區生活，只是，總是要適應的。那一程車，我連眼睛都不敢闔上，生怕睡得太沉會錯過了下車站。始料未及的是，我終於還是錯過了。車長冷漠地說：「你沒按鐘。」聽到下一站的站名，我根本不知道是什麼地方，趕緊查看路線圖，唯有在再後一站下車，雖然遠一點，但至少認得路。「沒按鐘」的說法令人不忿，因為這是我第一天坐這班車上班，加倍的緊張和注意讓我可以百分百確定自己按了鐘，而且火紅色的燈分明亮着，怎麼可能沒按鐘呢？

滿肚子的鬱結沉積，像肩上沉甸甸的功課袋。是因為下層只剩一個乘客，所以不慎「飛站」嗎？從前不用趕遠路上班的日子多好啊，就是要獨行，也不似如今孤伶伶。

後來又飛過一次站，那次下車後走回學校的路上，我想到：班務時間也許可以分享一下坐巴士的經歷吧。記得有一次因為不認得路去錯了車站，當時是要到陌生的地方，如今卻是從陌生的地方坐車到熟悉的地方。那次就在我急匆匆的時候，剛好有 OOO 號車駛到，偏偏電子顯示牌上標示的總站是S區。在S區車站看見往S區的車，着急了，只好揮揮手打招呼請車長開門。

「請問往T城的 OOO 號車要在哪兒上車？」

「你去哪兒？」

「我想去TT商場。」

「是這車！快！立即上車，我載你！」我趕緊登車，掏出八達通，司機飛快彎身一掌按住卡機：「不要『嘟』卡！」我嚇一跳，來不及反應。此時巴士已轉入S區廣場站頭，下層車廂原來空空如也，難怪剛才沒有人等車，車長也沒開門。到了總站，車長說：「向前跑幾步，要快，上 OOOP，第一站就是TT商場！」我連連道謝，司機更着急地回應：

「不要再謝謝了，快快快！再前面的巴士就是了！」我跑了幾步，果真有GOOP，跳上去，車長竟馬上關門開車了。我恍然明白為什麼剛才那位車長一直趕我要快快快了。

遇上爽快好人車長，我卻忙亂得來不及看看他的名字，只能稱他好人車長，默默祝福他也像我一樣，萬一落入亂局裏，也能碰到好人。

聽了這事，學生都覺得是特殊例子，鮮有如此樂助的車長。於是我又在另一次班務上分享了搭111時最希望遇到一位車長，因為他開車的話，清晨的車廂只開右邊燈，左邊燈唯在靠站時才會亮起。單是這一點，已可看到他對乘客的細心。我總盼望喜歡的座位仍懸空等着我，讓我可在暗了燈的車廂內小睡一會，把批改或寫作的時間留給其他亮燦燦的車程。

學生起初不願相信，硬說是車廂燈壞了才忽明忽滅，然後又拋給我一大堆惡劣的親身經驗。是的，沒有人可以不承認，總是有立壞心念的或言語惡毒的極端例子，而我們也不應該單一片面論斷人，當遇到了友善的行動，還是值得牢記於心。

今天，巴士又「飛站」了，不知不覺乘111上班已十個月了。出門的時間不變，下車時的天色卻是從盛夏的明亮草草滑過深秋的清涼，跌入隆冬的暗沉後又再掀起初春的淡薄灰藍。我也總比剛搬來的時候更適應了吧，即使仍然沒怎麼看過「新社區」白天的模樣。出門上班、放學下班，天空老是一片烏溜溜的，但至少到第三次飛越車站，我已不再緊張，也不去跟車長爭辯了。

也許可以小跑步回校，想想如果班務尚有時間，能不能跟他們再談談好人車長袁先生？告訴他們肯定袁先生認得我，因為在我病癒後有天再次登車，袁先生說：「一整個星期沒見你呢！」而且，不但上車時會打招呼，連下車的時候，我們也會揮手道別。

希望學生們都相信，願意善待陌生人的人可能真的不多，但始終還是有的。或許我們也可以做個善心的時候多，願意善待別人、善待自己的人呢？

擦過

每當升降機門打開，我都迫不及待站起來。

乘坐第一班火車前往醫院，心裏惴惴不安。記得母親說過，躺在冰冷的手術牀上的感覺是相當可怖的，醫生、護士全戴着口罩，可能為了讓病人平靜心神，眾人的眼神、言語均冷若冰霜，花白的燈光亮燦燦的照得人頭昏目眩，渾身止不住的發抖。「那種感覺你們沒試過，不論怎麼說，你們都不會明白的。」那日午後，母親說。

我心裏籌算，到底會幾點動手術呢？為什麼院方不能告訴我們一個確實的時間呢？我能否趕在母親動手術前到達醫院呢？幾個問題反反復復在腦海裏盤旋，纏繞不去。

匆匆趕到醫院，循昨日已演練熟習的最短路線直抵病房，餓了一夜的母親尚在房間裏，正準備換上那些闊袍大袖的「手術制服」。我趕緊喚了一聲「咪咪」，母親抬頭看我，安靜地笑了笑，說了句：「這麼早就來到，你豈不很早出門？」我還未應答，護士已着急地趕我到門外等待。

乖乖地待在門外，護士卻又兇巴巴的叫我到遠一點的地方等，例如餐廳。我不解，卻也不敢吭聲。感覺像是母親在她們手上，自己還是放聰明點比較好。終於我選了一個沒有人會嫌棄我礙事，而自己又很滿意的根據地——升降機大堂。一方小茶几，兩張柔軟的小沙發，坐在那兒我可以看到每個人的進出。

大約半小時之後，躺在手術牀上的母親，一前一後推拉着病牀的醫護人員陸續在我眼前掠過。我勉力對母親笑了笑，說：「咪咪，我在這兒等你。」

升降機門關上，我彷彿一下子洩了撐起全身的氣，懨懨的像個疲軟的皮球。坐在小沙發上，倚着牆，掏出手提袋裏皺皺的隔夜麪包，胡亂咬幾口又放下，連水都不敢喝一口，生怕一旦上洗手間會錯過了什麼。什麼時候會完成手術呢？手術情況如何呢？手術後要多久才能吃東西呢？我只是安靜地坐着，讓幾個新的問題反反復復在腦海裏盤旋，纏繞不去。

沒多久，從升降機出來一個緊執電話的男人，在廊道上來回踱步，木底皮鞋在空曠的走廊咯咯作響，像環迴立體聲敲響空白乏味的牆壁、疲憊的腦袋。雜亂的節奏，沒有人不曉得他的緊張，直至護士按停了他的腳步，他佔坐了沙發的另一端，四周才回復寧靜。

我的電話響過兩次，一次是父親來電，一次是上司。一直緊執電話的男人，他的電話只響起過一次，說了幾句便匆忙地跑到走廊另一端，然後又飛快地跑回來，直衝下樓梯。各個對話羣組的訊息如洪水襲來，我只回覆兩個羣組，其中一個是姊妹羣，妹妹分別去上班和上學，母親的消息，只靠我發放。「叮」聲一響，我又急忙站起來，升降機門打開，我再一次坐下。又一個緊執電話的人走了出來，是個氣急敗壞的婦人，手提包的背帶只挽了一邊，連拉鏈都沒拉上。低着頭按手提電話，急促地往走廊另一端走去。彷彿每個人都那麼忙亂，每個人都愛跑往空曠廊道的另一端。

叮！升降機門打開。

護士推着嬰兒箱出來，「BB 的家人在嗎？有沒有 BB 的家人？」這初生嬰兒臉蛋紅彤彤的，小小的頭顱上頭髮烏黑濃密，握着小小的拳頭半睜着眼。我恍然明白，那焦急的男人、那急躁的婦人，原來都在等待這新生命的降臨。

「有沒有 BB 的家人？」護士再問了一次後，「BB，我先帶你去洗澡了。」

升降機門再次打開，男人和婦人依舊焦躁。也許他們尚未知道，就在他們追逐之間，嬰兒出現過並先去洗澡了。

我想起今早在列車上，唯一可以安慰我的人在對面的列車，我們就在相反方向的列車上擦身而過。就像此刻誰都沒想到，除了醫護人員之外，這可喜的新生命第一眼看到的，竟是個無關痛癢的陌生人，僅僅數十秒，嬰兒和家人擦身而過，如此熱切期待遇上初生寶貝的二人偏偏錯過。可以想像如果順利迎接了嬰孩，他們的雀躍與感動。無奈我卻因為七上八落的心神，沒有任何因遇見新生命而生的喜悅。世事總是在這樣的交集裏錯失。

「你為什麼不去餐廳等呢?」嬸嬸一邊掃地一邊問,「去餐廳吃點東西吧,不知要等到什麼時候呢!」我的眼淚終於很不爭氣的簌簌流下,沾濕了軟弱的麵包。「放心吧,沒有事的。」是的,我也知道一定會平安無事的,雖然我不曉得這場等待要到何時終結。我只希望,當母親離開冰涼冷漠的手術牀後張開眼會看到我,會知道,我們並不會那麼輕易擦身而過。

新生活

搬到這個地方三個月了，心美還是感到一種龐大的孤獨。

的確，心美仍然不太適應新生活。新生活是極其規律的，比從前還要規律。從前心美偶爾會賴牀，因為向來是不容易入睡的體質，許多時候都要輾轉到半夜才能入眠。每到清晨，睡意總是最濃，此時要掙扎起牀自然加倍困難。但是，現在她不能，也不敢賴牀。因為趕不上這班車，就要等半小時了。為了讓休息時間一秒都不浪費，嚴謹執行時間表是必須的。這當然會帶來一點緊張，然而，她的不適應，並非因為規律。

每天四點鬧鐘準時響起，立即坐直身子，按停電話的響鬧裝置，然後把它擠進手袋裏。大部分時候鬧鐘未響，心美已自動轉醒，機械地把環保袋帶到洗手間，按亮柔和的隨身燈，刷牙、洗臉、順序換上前一夜預先準備的衣服，把手錶、項鍊、耳環、指環悉數戴上，再用五指梳撥兩下頭髮就差不多可以出門了。本來心美是不願立即亮燈的，因為天還沒亮，睡眼也未全開，她想用這短短幾分鐘時間讓眼睛在灰灰的天裏適應從睡夢轉入現實的光線，隨身燈溫柔的光恰到好處。可是，有些日子，當她關上洗手間的門之後，「啪」的一聲，門外的燈掣也迅即被扳開。「開燈啦！做咩唔開燈？」強烈的燈光粗暴地刺痛才闔上不到五小時的眼睛，心美只能閉上眼，無可奈何地讓薄薄的眼瞼權充天然的窗簾，自行延長適應期。雖然這似為滿足心理需要更多於實際作用，就如小小的洗手間要有六盞燈，就如扳亮燈掣後其實會回歸睡眠，大概也是滿足心理需要多於實際作用。整理儀容後，提起整裝待發的手袋，一邊穿上早已選定的鞋一邊開門，如無意外，唯一的升降機仍停在頂樓，必定趕得上。

剛搬來的時候，心美每天早上的梳妝是更馬虎的。因為在這裏，她只有三件連衣裙、一件外套和一雙平跟鞋。上班不到兩星期，同事就問：「心美，你還未把衣服和飾物帶到新居嗎？」心美覺得尷尬極了，原來別人是那麼注意自己的妝扮。當天下班後，她立即回舊居收拾幾條裙子，還多帶了兩雙鞋、一些耳環之類的配飾，再帶着大包小包匆匆趕到新居。其實，她多麼想繼續賦在舊居，彷彿天天賦在那兒也不會厭。

在新居，心美有時覺得自己生疏得像客人。坐姿不能不端正，正襟危坐最佳；說話時聲音不能太響亮，太響亮會被誤為抱怨或無禮，當然也不能太輕聲，太輕聲則被理解為不情不願似委屈；表達意願和喜好時反應不得太強烈，遭到拒絕時反應仍然是不能強烈；生病不能立即看醫生，因為藥不能多吃，但是也不能不儘快痊癒，免得……

也有和客人不同的時候的。按常理客人不會做家務，不必在下班後倦極仍沉靜地洗碗碟鋅盆流理台；不必在用盡全力扭拖把時渴望可以買一把能自動擰乾大部分水的新奇地拖；不必因為桌上的蟻路苦惱至天天忙着擦桌子；不必為了不希望同一道沒有人願意吃／能夠吃的菜色在餐桌上出現第六次而勉強撐開肚皮清盤子……

近來她鍾愛的電影《玩轉腦朋友》裏，五彩情緒球在管道裏一個一個累積、滑動。心美想到，如果要將在這裏的生活分裂成一百個情緒球，長長的、曲折的管道裏、沉潛在最深處的抽屜裏，會有一個像電影裏那金燦燦的球嗎？她極力搜刮腦海裏每個角落、每塊牆壁，沒有如斯閃亮的球。雖然如此，也不能斷言完全沒有快樂的時刻。一百個小球裏，也有一個是黃澄澄的、她所珍視的、象徵喜悅的；火紅色的、憤怒的球，她也有，一般她都會將這些暴烈的球狠狠扔在最深處的抽屜裏不見天日，當然也有過一、兩次失手釀成大火，抽屜遭殃。電影裏，綠色代表厭惡、紫色等於恐懼，這兩種顏色，她都有，而紫色又比綠色多。這點她是清楚了解原因的，因為那種時刻警覺如坐針氈的感覺，沒有人比她更明白，像一隻羸弱的驚弓之鳥。

積存最多的是藍色的球。她偏愛的角色除了童年幻想的那小象玩伴乒乓，就是藍色的阿愁。乒乓自我犧牲然後消失的一剎，心美泣不成聲。她無法忘記那種極其強大的孤獨感，強大得讓人落在天地囚籠裏誠惶誠恐。

也許心美未能適應的，是這種角色的混淆。到底是家人，還是客人呢？綜觀各類迹象，這似乎也可以算是缺乏身分認同的一種，大概很多人都經歷過。奢想解決也是多餘的，除了等日子伸手撫平起伏的矛盾心情，撫順、甚至拆解一切糾結和疑惑，其他所有工夫大抵也是徒勞。

「順道去超市買瓶醬油，家裏的醬油用光了。」

「知道。」掛線之後，心美闔上差不多讀完的《玩轉腦朋友》圖書，徐徐步出列車月台，反正幾分鐘之後電話鬧鐘響起，她也要動身邁步回新居。每個人都是一座孤島，在這種孤單的新生活裏，還有沒有可能為自己創造一個友善的「乒乓」？

咳獸

我開始掌握與一頭被厭棄的獸在冬日裏共存的模式，從外到內，和平共處。

在咳獸猛然來襲的日子，猝不及防之中仍得提高警覺。這頭猛獸喜歡聯羣結黨來搗亂，而一眾狐朋狗友之中，又以咳獸最為堅韌，意志和耐力之頑強往往叫脆弱的心靈折服。能一併擊退所有惡匪，將之全數轟出國境以外是幾近不可能的任務，是以為逐一擊破各黨巢穴，就得準備不同的配套。首要且最容易配備的外在裝備必須充足：密封的口罩、眼鏡、毛冷帽子、厚厚的圍巾、厚厚的大衣、大一碼的鞋——方便穿厚襪子。唯一可以任意坦然露出的應該是額頭，因為那是毫無威脅性，也毫無殺傷力的。哪怕在咳獸橫行無忌的時候，也沒有人會因為牠露出額頭而鄙夷。為什麼手不可以呢？手的可塑性太高了，尤其是必須掩住口鼻劇烈咳嗽時，即使隔着口罩，猶予人惡菌能穿越那層薄薄的絨布沾滿雙手的惡劣感覺。誰又有興趣知道你不多於三小時就換一次口罩或恆常地擦消毒洗手液以致雙掌上割傷過、碰撞過的微小傷口發炎，並持續隱隱作痛？沒有人有興趣知道，這是應該的，因為關鍵是：沒有人有必要知道。與獸的爭戰，到底是個人的爭戰。

當我將軀殼平躺的時候，體內的獸是不甘蟄伏的，總是張牙舞爪，粗暴地拉扯氣管，在喉頭穿梭衝撞，迫使我為其發出低嘯、怒號、狂吼，驚天動地的、懾人心魄的、震耳欲聾的。我自然也是不甘屈服的，無論如何我偏要抵抗。獸是奸詐的，時而也有故弄玄虛的假溫柔，彷彿用羽毛或棉絮摩娑喉頭，暗暗使力催促我發出持續的、綿長的咳嗽聲，一種饒富耐力的、好比癡男怨女的纏擾。飄忽的性情將人操控於股掌之中，同黨早已輪流退散，而獸仍然纏繞不休，以玩弄人為樂。從早到晚，隨時隨地在我體內熱舞狂歌；從日到夜，無時無刻不在我體內摔跤混戰。我的軀殼早被侵佔，橫膈膜、小腹、肋骨……逐片割讓。微微一動，牽扯出止不住的痛，會擴散的痛。

漫長的廝磨中，我屈服了。深夜屈曲着身子坐着，轉換到某一種姿勢，終於強行制服咳獸，牠只能突如其來的一陣猛烈嘶吼或抽扯，然後又咬牙切齒，忿忿不平地潛伏，靜待掙脫的爆發時機。一場徹頭徹尾的角力與拉扯，只為制止肆無忌憚的獸擾人清夢。

深夜有深邃而悠遠的咳聲延綿，「寒，大寒，須用薑入藥。」白日有喧囂聒噪咳聲如雷貫耳，「熱，忌薑。」兩種情況兼而有之，外加喉頭時刻似火燒，「唔……相當複雜。」結果只得賭氣地胡亂嘗試。用氣味濃烈的、刺鼻的食物逼迫牠伏法，一匙匙的生蒜蓉與胃酸融和翻騰，每呼一口氣，口罩像牢籠一樣籠罩住濃郁的氣味，每吸一口氣，又吸入生蒜蓉與胃酸融和翻騰後釋出的氣味，循環不息，獸依舊無動於衷。生蒜、蒜茶、蒜湯俱不奏效之後，換成洋蔥切絲、切塊、原個燉，燉煮精華原汁……我甚至灌這頭頑劣的獸喝像馬尿的藥水將之迷暈，然而，各種暴烈的食材對壓抑這頭狂野的獸都起不了作用。

相比睡牀，搖晃而不過分顛簸的鐵路車廂是更適合餵養睡意的空間。在雜亂無章的聲音之間晃盪着，竟有被迷暈似的昏昏沉沉感覺。我摺曲着身體，用沉重的背包壓抑盛怒的獸。在這場內在的爭戰裏，彼此都在等待對方因疲乏無力而讓步，爭持不下。我開始乏力了，我發現有一點是這頭兇悍的咳獸比我優勝的——牠善於借用外力，善於牽動羣眾的情緒，就如在車廂裏當我稍有鬆懈，暴跳如雷的獸必伺機發狂，周遭銳利的目光立即飛射而至，如箭，如閃亮的刀刃將我和獸重重包圍。對於這些尖銳的兇光，獸是毫不怯懦的，而我則從頭到腳有一種百詞莫辯的尷尬。看到我的狼狽相，牠更樂此不疲地操控我，我又得更費勁地與之抗衡。

然而，在多個無法入夢的夜晚之後，我還是把心一橫，在下班途經的轉車站走進不相干的車廂，把所有厭棄的小動作和嫌惡的目光一一置諸度外。我必須有短暫的睡眠支援。從南昌登車，到了尖東終於等到非關愛座，抵達紅磡月台前趁着心急人們圍攏車門時，滑向靠玻璃的座位。人潮湧進，我已緊緊黏住靠邊的座位，緊閉雙眼培養情緒入眠。手提電話的鬧鐘早已調好於一百一十分鐘後響起，餘下的四十分鐘，應該足夠我在此循環線的任何一站搭乘至美孚——我的目的地。為確保及時清醒，我又調了一百一十五分鐘和一百二十分鐘後響起的鬧鐘。要從鐵路公司刮半點便宜相當艱難，我絕不願因逾時出閘而被罰款。

漫長的角力之後，已經無法知曉是溫和的藥湯降伏了獸的臭脾氣、溫順的調理撫順了獸的劣根性抑或粗野的手段收服了獸的壞性情，我只曉得幾經辛苦後終於掌握如何與一頭被厭棄的獸在嚴寒裏共存，終於馴養了潛藏體內隨時發狂的猛獸，如馴化自己對惡勢力的對抗性情。

寫作的功課

寫作總是叫她愛恨交纏，有時甚至搞不清是自己操控文字的走勢，還是文字反過來操縱她的情思。

複雜的情感像悶在鍋裏的急凍饅頭，乾巴巴的粉糰被迫瞬間解凍，彷彿輕而易舉似的，而且充滿活力地迅速膨脹，緔緊的表皮更似透着清澈鮮明的亮光，多麼美好而誘人的畫面。如果此時揭開蓋子，朦朧的蒸氣升騰，飽滿的饅頭鼓鼓的，更像有澎湃洶湧的生命力急不可待要蹦出來。

只是，掀開蓋子不過彈指之間一個流暢、順便的動作，除非把饅頭全數清空，否則它們還是要靜待發呆的。而寫作的深刻挖掘過程，多半在此時展開。當爐火熄滅，飽滿的饅頭開始「焗桑拿」，「倒汗水」一顆緊接一顆滴下，膨脹過的內涵凝滯腹腔，汗水涔涔流瀉，悶悶的、呆滯的饅頭頃刻又變得憂鬱，過分潮濕的皮膚像溺水後似是而非的腫脹，包括容貌，包括神情。

以上這種情況，比較適合形容短時間爆發的寫作情緒。這種情緒狀態是頗常出現的，奇異的是大部分時間都並非因為遭受任何外力逼迫而出現，反倒是個人內在的自省而衍生的。——自省說得太動聽了，用「鬧情緒」應該更貼切，而另外那小部分能誘發危機的，離不開遭逢刺激或衝擊——例如發現別人進步之神速，那種突飛猛進是遙不可及的、讓人羞慚的。內心反復地自我責問：「別人努力的時候，你在做什麼？別人廢寢忘食埋頭苦幹的時候，你把光陰都浪擲到哪些無謂的事情上？別人仔細發掘周遭人物、故事的時候，你的眼光注視在誰人身上？」種種類似的問題必逼得自己趕緊掌心冒汗急起直追，隨便胡亂地敲打鍵盤以圖謀取片刻的鎮靜。雖然常聽說盲目的比較是愚蠢的，偏偏現實裏人老是愛在愚蠢的死胡同裏瞎打轉，終無所得。

有時她會疑惑，到底應該寫什麼呢？繼續鑽研慣常寫作的主題嗎？或是挑戰新事物，不論內容還是表達方式，必須不時轉換追求新意？可惜相比剛開始創作的時候，現在已不容易聽到批評了。有時難得聽到一些聲音，她就禁不住暗自期待這些意見會為自己帶來怎樣的衝擊？會讓自己有什麼啟發？能否激發起內在的潛能？

歸根究柢，最令她困擾而渴望得到解答的最根本問題是：到底要不要改變寫作方向呢？那些自我勉勵如激發內在潛能之說，其實她自己都不大相信。嚴格來說，應該是不大相信會發生在自己身上，即使她見過別人爆發，經歷過那種衝擊力的震撼：兩個作品出自同一腦袋，讀起來卻判若兩人，突飛猛進的步速叫所有人都落後。

有些人會說：「當然是長期寫同一類型的好啊！因為這是好不容易才能建立的個人風格，可以讓你聚集穩定的讀者羣。」所言甚是，畢竟要寫出個人風格並非易事，能夠寫至讀者羣讀一讀已能像辨認筆迹般認出作者之手筆，也算到達她所開闢的寫作之山上一個小平原了。同時有完全相反的意見：「刻板、沒趣、流水作業。」也不無道理。「寫實用的，例如『一秒與長輩溝通』、『一秒化解矛盾』，把擅長的事化成文字。」「寫流行的，看準市場需要和讀者興趣，環境想要什麼，就寫什麼，這是必須的彈性。」……蒐集意見的過程，得着的可能是啟發或趣味，同時也會有無奈。這絕對不能怪罪任何人，畢竟，寫作之途大部分時候都是孤單的，寫作之徒必須適應這種孤單，怪罪人太不負責任。

這樣的思想爭戰，每隔一段時間就會兇猛地開火，滾燙熾熱得使她五內翻騰。然而，總似永無定案的輪迴追逐。如果說寫作是投資，那麼這項投資必然保守嗎？絕不。寫作之本質並沒有想像中的善良而客氣。付出大量時間和精神之後毫無寸進是尋常不過的。投資的本金多少的確是自訂的，然而很大機會付出多而得着少，豈不是高風險投資才會出現的狀況嗎？只是，要說它絕不保本又彷彿太苛刻，因為勤勤懇懇地寫的話，寫出來的東西不論好壞深淺，始終是自己的，在此一層面而言，也不能不算保守穩健。

像供奉惱人的「強迫金」，反正最後得到什麼，不到能夠取消戶口提取款項的那天，不會有人知道。有時收到年結單，虧損的數字叫人暴跳如雷或隱隱作痛，無論如何，多或少、笑或痛，都是自己的，像刺扎在指頭，該期望誰知道？

寫作之途漫長，如涉水，沉潛入底，未見源頭；如攀山，綿綿長路，永無止盡，不見盡頭。她希望自己永遠無法走至山頂，因為她怕到達頂峰後會怠慢，繼而走下坡。走下坡簡直是噩夢。她更害怕走到絕頂後再也不「發功」，不是不肯，是不敢，也不忍。與其失卻自信地衰退，她寧願永遠看着遠遠的一方，慢慢走去，慢慢走去，時而掙扎時而怠慢，然而無論如何，永遠有個方向可以追。

又一個晚上，她在思想鬥爭中寫作，並在歲首的祈求清單裏，把寫作列為畢生的功課，無論虧損，無論獲益。

菊姐

「經常覺得胃脹、全身肌肉痠痛、疲倦、頭痛、藥到病未除……飯後容易拉肚子」。讀到此處，菊姐起來走動走動，稍稍舒緩雙膝因屈曲而生的隱隱的痛。

豈止容易，簡直是必然拉肚子。沒有任何一頓飯餐之後，菊姐是不輕微腹瀉的。上茶樓後尤甚，來回洗手間三回是基本消費，其他情況就按實際考慮加以「發揮」。不過，她已經很久沒有上茶樓了。

屈指一數，除了剛才那幾項，腦海裏緊接湧現的還有：難以入睡、頻頻轉醒、假尿頻（經常急切渴望上洗手間，可是看到馬桶又覺得情況並不緊急，所有洪水、山泥突然自動消失，菊姐稱之為假尿頻。）這些症狀是否應籠統歸失眠之列？可是嚴格來說，這些毛病又不能算失眠吧？因為還是能斷斷續續入睡，而這短暫的入睡時間偶爾更夠得着深層睡眠的邊，不打鑼打鼓大鳴大放的話絕不醒來。於是，有關睡眠又衍生另一串問題來。睡不好自然容易噁心欲吐，腸胃寒涼也會導致噁心欲吐，所以這又是一個難以測量考證的項目。

在客廳、廚房、廁所之間逡巡兩趟，膝蓋便重新得力，重新喚醒另一種長期蟄伏的更隱密沉鬱的痛症。不過因為同處已久，相比之下，菊姐反而更能接受和適應這種凝滯的痛。深宵掀起陣陣涼風，吹得人格外清醒。

「精神難以集中……」「屁股是尖的，似一口螺絲釘，整天左擰右扭轉個不停。」讀過幾年小學，年年無間斷重複此咒語的老師不厭倦，菊姐也聽得心煩了。那麼，這應算作習慣，而非病狀嗎？但是每年見家長，女兒的老師也說類似的話啊！大抵小孩子都一樣吧，哪會連「坐唔定」都有遺傳？

「易發脾氣」——自己從小就是個隨時可暴跳如雷的人啊！這不可能也算病徵吧？認識我的人沒有一個不曉得我氣聚丹田，句句話鏗鏘有力中氣十足。即使去年身體檢查，各項指標也都及格，唯一……

「抑鬱、焦慮、緊張。」搜尋得的資料愈多，菊姐就愈疑惑；愈是疑惑，兩項，甚至三、四、五項條目衍生的煩惱就愈多；牽涉的事愈密集，要爬梳理清就愈見困難。

在長者電腦班學會用搜尋器查找資料，菊姐心情矛盾。既為能不依靠他人就找到自己想要的資訊而感安慰，又為自己的狀況感到加倍的恐懼和擔憂。

「唉，怎麼好像每個特徵都在形容我呢？」

「你從何時開始發現上述症狀？」

熒光幕上最後的提問叫菊姐沉思了一會。

自從開始照顧孫女，菊姐就覺得自己每天都犯錯，沒有一件事做得對，更遑論做得好了。

「鈴鈴……鈴鈴……」一定是女兒來電！要告訴她今天孫女打過噴嚏嗎？孫女沒有大便，告訴她會不會令她很擔心？她已經很忙碌了，我沒什麼幫得上忙，怎可以再給她添麻煩呢？

現在傳信息給女兒會否阻礙她工作？不知道她吃飯了嗎？午餐吃了什麼？今晚想吃什麼？明天要帶午餐嗎？想着想着，菊姐的手又不自覺規律地發抖。

已經幾個月了，女兒還是眉頭深鎖心事重重的，她什麼時候要去覆診呢？這次覆診她願意破例讓我一同去嗎？何時才是合適的時機？問她的話會不會激起她的怒火？到底她的病情進展如何？菊姐甚至曾翻弄女兒的抽屜，希望找到一點蛛絲馬迹，小心翼翼地，生怕露出馬腳。「要是女兒發現東西曾被翻找，一定會抓狂。我要冷靜，不動聲色。」只消想想，菊姐已渾身冒汗。「汗水淋漓，是婦女更年期潮熱症狀嗎？」

「鈴鈴……鈴鈴……」菊姐「飛奔」到電話機旁邊一把抄起話筒，「一定是女兒！」

「喂？喂？」

菊姐狠狠把電話掛斷，拖着雙膝離開電話，喃喃自語。

「病人有時候會無端感到焦慮，或老是預感有不好的事情發生……」

「鈴鈴……鈴鈴……」又再「飛奔」到電話機旁，又再撲空。

「有些預防方法……」聽到此處，菊姐趕快拿起筆，撕下日曆紙：「培X興趣、做運動、管時間和工作、朋友、XX壓力……」

「哇哇哇！哇哇哇！」菊姐立即摔下筆，抱起哇哇啼哭的孫女，「不要哭，不要哭，婆婆不看電視，對，太快了，怎麼抄得完呢？婆婆不好，等你睡覺了，婆婆再用電腦看，乖，不要哭，乖，媽媽快要打電話來了，不要哭不要哭。」

雖然每次女兒來電都像盤問她般以懷疑式的口吻拋出連串問題，令她心裏不是味兒，但這來電還是令人放心的，至少還來電等於還記掛，心神還有可寄託之處。每當想到前陣子天天抱着日夜啼哭的孫女東奔西走仍找不着女兒的噩夢，菊姐寧願女兒天天來電盤問她。

星期六下午一點播放的《長者樂遊天地》是菊姐最愛的節目，今天介紹廣泛焦慮症，醫生每句話都擊進她心坎裏，聽到「無法根治」簡直遭電擊一樣，偏偏來不及抄完預防方法，節目已播映完畢。

「鈴鈴……鈴鈴……」

「喂？阿媽！BB 今天怎樣？喝了多少次奶？有沒有用消毒機？今早有沒有用我買的香皂為她洗澡？有沒有用消毒液拖地板？BB 在哭嗎？BB 為什麼哭？阿媽你又做了什麼？為什麼你永遠要自把自為？為什麼我說了一千次一萬次你仍然是這樣？為什麼你們所有人都這樣？BB 在哭嗎？為什麼 BB……」

失物記

文莉站在公園殘破的長椅前，把背包、環保袋、保溫飯袋、大衣口袋裏的所有東西全數倒空，甚至連每一個小包裹的東西都倒得一乾二淨：文具袋、文件夾、鎖匙包、零錢包、零食包、化妝袋……即使最最不可能的衞生用品袋，她都不放過。

來到這蒼老遲滯的公園之前，文莉早已把背包、環保袋和大衣口袋翻了又翻，搜索過最少五遍。大街上、超級市場的購物車裏、洗手間……都是她駐足過的地方。在街道和超級市場中，她惹來了尖銳的奇異目光；廁格雖夠私密，但空間太狹小，又怕妨礙了別人，統統都不是好地方。最後恰恰讓慌張的文莉經過鬧市中這人迹罕至的公園，她一眼就選中那張破舊不堪的滿佈塗鴉的木長椅，因為沒有人會看得上它，她可以肆無忌憚的、毫無顧忌的佔用它，就算要霸佔好一段時間「翻箱倒櫳」，也不會有人留意，不會對他人造成任何不便。然而，甫坐下，她便恍然明白為何鬧市中能有這麼一片清靜地，陣陣莫名其妙的複雜惡臭令文莉牙關咬得更緊。

自從要負責保管這把鑰匙後，文莉花了接近兩個月才能回復往日那種大部分時間都泰然安舒地下班的日子。鑰匙是信任，可以叫人安穩，也可令人惴惴不安。鑰匙也是部分權力，可以開啟，可以封閉——所指當然不止空間。

慌亂的思緒在體內四竄，任何可能性排山倒海湧現。抽屜？外套口袋？櫃枱？寫字枱？不可能的、不相關的詭奇聯想更多。是報應？是老天爺懲罰文莉今早衝紅燈的報應嗎？是要懲罰文莉總是義正辭嚴地諄諄告誡老幼要守規矩要守秩序，自己卻無法持守原則嗎？想着想着，文莉竟真的有羞恥感湧動不止。今早她在呼呼北風裏把持不住，三步併作兩步直往前衝，慣性拍打的指示燈上「請等候」幾個小字還是火紅地亮着，文莉已竄至對面的行人路上。不一會後登上巴士，陷入座位之中迅速昏迷，更是完全沒有為破壞規則而有半點羞慚，甚至根本沒把事情放在心上。說一套做一套，文莉原是活該要內疚的，偏偏她沒有。老天爺是決意用另一種方式來使她惴惴不安吧？早上乘車全程睡得安穩，晚上鐵定要報復她以徹夜的輾轉，這個時候讓她發現遺失了鑰匙，正可以折磨她一整個晚上，教她寢食不安。就在她為束手無策而煩躁的時候，她再次衝紅燈了。而這一次，是無意識的，只見身旁的人過路她便隨之而行。直至到了斑馬線的另一端，有人喊話截停文莉的時候，她才錯愕地察覺原來自己衝紅燈了。

「鄭小姐，紅燈過馬路好危險㗎，你口頭禪嚟㗎！你……小心啲喇！」這句話，聽得文莉毛管直豎，禁不住打寒噤。正因出自凌麗莎口中，話裏的諷刺和竊笑意味格外濃厚。辦公室裏誰不曉得這個黃馬褂最擅長搬弄是非？只需一丁點把柄落入她手中，她必狠狠搧風點火，從文火撥到猛火，有時甚至待得火燒森林哀鴻遍野了她還不甘罷休。

文莉不會忘記慧冰是因何辭職的。

「你們都不知道，嚴慧冰為人非常貪心，更擅自挪用公司資源變賣……可能她是單親媽媽，有特別的經濟需要吧！」

如果硬要說慧冰是貪小便宜的，我們的確無從抗辯，畢竟她平日在超市遇到贈飲試食、在街頭遇到贈品派發，她必不錯過，甚至只是一張宣傳單張，她也要帶回家，儲滿一袋便拿去賣，雖然只賣得幾元錢，卻也叫她喜孜孜的：「這是無本生利，別輕看這袋廢紙呢，價值等同一個蛋撻！又環保。」但是，把她說成挪用公司資源又未免刻薄得太過分了。她所「挪用」的公司資源不過是平日存下的幾乎毫無分量的廢紙，例如過氣便條、廁紙筒、文具紙盒等，嚴格來說其他單張、舊雜誌、食物包裝也是她的個人財產。偏偏有次她週末當值後，把一袋積存多時的廢紙帶到辦公室附近的貨車回收攤變賣時，被尾隨的凌麗莎撞見。星期一午飯時間未到，慧冰已被召至主管室。

「主管說麗莎提到終於明白為何有時自己的報紙、雜誌會不翼而飛，甚至連現金優惠券也失蹤過好幾次，如今恍然大悟了。主管又說麗莎很大方，雖有鬱悶，但也明言諒解同事或有難言之隱，沒有要追究責任的打算，我看你跟她道個歉，紓緩她心頭的鬱結，事情不就解決了？」

「豈有此理！道歉豈不承認這些無中生有的罪名！」當慧冰吐苦水的時候，文莉憤然咬牙，手掌直拍桌子拍得發紅發痛。

最後慧冰沒有道歉，不過也沒再久待於此。倒是文莉因曾替慧冰出頭，成了凌麗莎的眼中釘。

昨天文莉才振振有辭地勸誡清潔姨姨謹慎過路，又告誡了同事處事要謹慎，不能疏忽，大意隨時招致大禍云云，這一切，凌麗莎都看在眼裏。明天回去，自己衝紅燈的事是肯定要「通天」的了，要是加上弄丟了文具房鑰匙，凌麗莎不知又會編個怎樣的故事來……

「鄭小姐，你袋穩條匙喎，入面全部都係公司財產嚟㗎！一支筆、一疊便條……」想到當文具房鑰匙落在自己手中時，凌麗莎的嘴臉和尖酸，文莉急於翻找袋子的前臂上，毛管又豎起了。

我的獨白

每個我裏面都存在千百個聲音、千百張面孔、千百樣心思、千百種情緒，每個都稜角分明，卻都統稱「我」。

獨白：樂

坦白說，人要得着我其實是很困難的，偏偏有許多人熱衷於鼓勵大眾積極、正面追求，用一套特定的思考模式和心態，就能從內裏實在地、徹底地感受我。我不敢說他們是吹噓，因為那樣太輕蔑，太不尊重了，我也不排除他們真的有這般厲害的能力，只不過對很多人而言這的確像特異功能。就如當我聽到所謂的「灌雞湯」，心裏的確閃過一抹嗤笑，描述得蠻貼切啊！不過很快我就停止這種被某些人視為不太得體的想法。畢竟每個人都有思想自由，能在想像裏飛馳，也是幸福快樂的一種。哎，這豈不是自相矛盾嗎？讓想像飛馳能感受喜悅，我卻克制自己的思想……實在是種難以理順的結構關聯。不過唯有一

點我有信心肯定：沒有人比我更清楚明白，如果確實地體驗着、感受着、經歷着我，其實是沒有必要再三申明強調啊！

獨白：怒

我要求每個人應付我的方式都不一樣，有人發作的時候像火山爆發般以烈燄將周遭人事物狠狠炙烤，甚至夷為平地；有人力竭聲嘶只以抓住所有注意力為終極目標；有人握緊厚實笨重的粗糙拳頭叫牆壁、家品連同關係出現裂紋；有人教所有信手拈來的東西碎散紛飛或粉身碎骨；有人死守沉默是金，「一鼓作氣」強行往腹裏硬擠硬屈……我可以輕易出現，也可以沉潛至深處無論如何始終不見。雖像火山，有睡的和活的，但我不會死，因為沉默也是一種表達、一個姿態。我其實可以來去自如，只是「演繹」我的人，多半不願意讓我自然退場，總癡癡引頸冀盼有些指定的人前來，完成一些能達及格以上程度的指定動作，好讓劇情有個理想的進路，膠着的狀態有個突破性的進展，而最圓滿的閉幕當然是有人風度翩翩地領我翩然退席，我昂首闊步地展現勝利者的情貌。不過，更多時候，我是在時間的沖洗下無聲無息地黯然離場的。

獨白：悲

在一些人、一些場景中，我選擇以連串像線、像雨、像決堤的淚珠控訴；在另一些人、另一些地方，我又會選擇以暴烈的情態出現，仰天長嘯，豪氣直衝雲霄。但其實這大部分都是淺層的情緒而已，施展渾身解數也不過求個出口出走，心底裏還是渴望透透氣後又做一條好漢，始終過於沉鬱非我本性。我曉得自己這種個性老是叫人為難，然而，也必須明言一點：如果我不以這些方式出現，倒是更值得憂慮的狀況。

獨白：哀

皺眉、咬緊牙關、沉默是我的強項，而這也是我最自在、最舒適的存在方式。失控的時候，可能會落淚，但我總是很克制，絕少呼天搶地歇斯底里。除非到了有錐心的、拉扯住的痛，否則多半默默獨自垂淚到天明。相對面向羣眾的大情大性，我更擅於獨自療傷，以護養我那一碰即碎的脆弱心臟。

獨白：妒

鄙夷的目光、不屑的神情、尖酸的言語……當然也可以咬牙切齒、可以詛咒、可以用我獨有的最小的心眼……反正一切可以輕易刺痛人的工具，都是我擅長操作、駕輕就熟的。不必奢望我會為傷害別人而羞慚，我反為此覺得無比驕傲自豪，因為這是我的天賦，不是所有人都能有這種本領的。我的出現，就是為了帶來傷害，尤其心靈上的、精神上的傷害。如果無法善用這些上天賦予我的、獨有的特殊才能，才是更值得羞愧的事。假使有一天這些本事都失靈，我想我必無地自容。

獨白：怨

除了宣之於口，我難以以其他姿態出現。即使出現了，別人也不一定能準確地解讀，遑論要切實地明白。有時我矯揉造作地展示自己的冤屈或委曲，試圖攫取他人片刻的諒解，偏偏經常誤中副車，換來可憐我的言辭或同情的目光。其實他們都誤會了，我需要的是聆聽和關注，不是同情，更不是可憐，所以更多時候我寧願坦蕩蕩直言我的不解、不滿、不忿，我要大家都知道我遭遇到的不平等，上蒼對我的不公義。

獨白：傷

所有經歷都不過是道路，走着跪着拖拉着，到終點是遲早的事。我必須承認自己是個敏感的、難以癒合的破口，敏感至在你最初意識到我的時候，連輕輕的觸碰，小心翼翼的撫順，我都用巨大的反應使你跟我一同反應過敏。我是故意的嗎？你可以這樣說，當然我更希望你體諒，理解這是我不能改變的本質。不能直視，不能揭開，是個渴求遮掩，渴求隱藏的不易磨滅的真實存在。

每一個我輪流獨白，眾聲喧嘩嘈雜，每一個都稜角分明，偏偏都統稱「我」。

早班巴士

我提醒自己與其把這些怨氣當成一天的開始，不如化成走筆之間可以放下的早班巴士的尋常故事。

到了近鐵路的交通樞紐，佝僂老伯如常拖着他的尼龍袋上車，在他鍾情的位置坐下。甫坐下，即從襯衫口袋抽出原子筆，隨手翻出馬經，動作麻利。那破舊的小尼龍袋上爬滿斑斑污迹，車廂空蕩蕩，卻仍穩穩貼在老伯充滿厚繭的腳跟旁的地板上，不佔一個座位。

我對這老伯本來無甚感覺，雖然他的確是那種人未到位，氣味先行的不愛乾淨的人，但他安靜，沉默，守規，只是後來我不由自主的對他生出一種輕微的同情。起初我誤會當他木然呆坐的日子，就是沒有跑馬的日子，漸漸發現，馬經應該是他精細鑽研的深度書刊而非單純時令讀物，畢竟一星期不可能天天跑馬的。

最惹人反感的是那尖聲刺耳的婦人。早班巴士的人流是很浮動的，試過十人不到，也試過擠滿人再加超過二十個行李箱。唯一不變的是只要到了中轉站，會先有第一批乘客下車，轉上公路前後的幾站基本上都沒太多人上落。第二個「落客熱點」，正是那臨近鐵路的交通樞紐，九成乘客都會在這個站下車，而「馬博士」老伯就是在這兒上車。

刻薄婦人在交通樞紐後的公共屋邨巴士站上車。和老伯有點相似，二人都是人未到，個人標誌已搶先登場的。老伯突出的是氣味，婦人搶先的是嗓門。鄙視的嘴臉緊隨尖酸的話亮相，甫登車，她總先用拇指與食指誇張造作地捏着鼻翼，側目睥睨老伯，附以刻意的、響亮的「嘖嘖」聲，擺出一副極度不滿的樣子。也曾試過坐下後故意扯開嗓門說：「好鬼臭！最鬼憎！乞人憎！」或「叫人唔知點頂！影響成車人！」那種刻意的刻薄，明擺着要當事人看見、聽見的情態輕易叫人不齒，尤其是她自己也有過分的行為。我佩服老伯的忍耐力，天天被人奚落「單打」，竟能忍氣吞聲，即使偶爾斜睨婦人，卻也從未回話，要何等深厚的內功才能練就如此耐力？因為這個婦人，我開始對老伯略生同情，更不禁為自己常備的口罩覺着隱隱的歉意。

是的，這個常備的口罩就是為了應付突如其來的瘋狂咳嗽，不論是自己還是他人；或者是稍稍抵抗無法阻擋的濃烈氣味……是的，我並不討厭老伯，甚至理解許多老人到了一定年紀都抗拒梳洗，因為年紀的緣故，嗅覺也不及從前靈敏，但我總在他登車前預先戴上口罩……

刻薄婦人身形極為瘦削，然而她卻固定佔用三個位，也指定要到較後排四人對坐的位置入座。因為她必須霸佔一個位置給屁股、一個給環保袋，還有一個給兩隻腳掌。如果哪天她買了腸粉作早點，還得騰空身旁椅子作餐桌，如果醬料流瀉沾污椅子，只能怪接下來的乘客倒楣了。每次坐下，她第一個動作就是將穿着搭帶涼鞋的兩隻腳掌一伸，熟練地擱在對面的座椅上。我初次發現這雙腳，是因為在車廂中半夢半醒之間感覺到身後彷佛有奇異的氣味，轉身從座椅與窗玻璃之間的空隙窺看，瞬間看見伸長得筆直的雙腿和鞋底。視線接上的一剎，她並沒有放下腿，甚至還怒瞪雙目，惱羞成怒狀。

後來我知道，和她同行的還有一男一女，應該都是在巴士站認識的同路人，三人都愛高聲談話，從茶樓樓面的大家姐有多陰毒到路邊攤的菜婆「呃秤」統統都是可發表演說的話題，喋喋不休之間總是只有大叔安分的一個人一座位。

當然可以說，到了這一站，車廂已經空蕩蕩得即使每個乘客佔用五座位也尚有餘裕，然而這種缺乏公德的行為就能夠因乘客數量少而變得可以接受了嗎？

「你講咩呀！」今早當刻薄婦人登車，經過老伯身旁時老伯恰恰說了句髒話。我以為要展開罵戰了，豈料婦人仍舊先選定位置，穩坐後再發飆似的連珠炮發數落老伯，語速急、音頻高，完全無法清楚聽懂她的話，要不是她再三強調「死老頭」，很可能連她在罵誰也弄不清。其實在婦人登車之前，老伯已罵了幾遍髒話，連長期研究的馬經也給狠狠扔進那骯髒殘破的尼龍袋，更不時在袋子上踩幾下，似有滿腔怒氣待發。

老伯把手提收音機調至最大聲，貼在耳邊，仍間歇高聲謾罵同一番話，車長多次呼喊：「收音機細聲啲，唔該！」老伯不為所動，直至車長走到老伯面前，用雙手弓在嘴巴前作喇叭狀喊：「阿伯，好大聲呀！戴咗耳聾機未呀？」老伯一臉惘然不明所以，要等車長指着收音機，他才默然把它關上。餘下的車程，婦人繼續停不了的咒罵，老伯也繼續不時謾罵和踐踏尼龍袋。

沒有人知道老伯辱罵的對象和因由，唯一可以確定的，大概只有原來這是個耳背的老伯，和我又經歷了一趟不得安寧的車程。

盡責任

在這個看似意義深遠的家庭聚會上，婉清百分百確定這四十年來婚姻帶給她孤獨遠多於快樂，這種感覺始終未變。

年輕青澀的時候，婉清憧憬婚姻能延續她二十多年的溫暖家庭生活，有一個讓她期待「回家」的新安樂窩。豈料，婚後不但讓她倍覺失去可以依靠的地方，既怕常回娘家惹父母擔心，又覺在新居無比孤單，結果只得刻意隱藏、忽視自己的感受。尤其孩子出生後，一切都以女兒的成長為優先，那種對忽略自己的習以為常，可說是循序漸進式的。然而，對於女兒長大後對自己的愛顧，她仍衷心感激。她相信有這乖巧伶俐、貼心的孩子是上天為她準備的安慰獎。即使，無盡的孤單感仍是她生活裏最真實的書寫。

「其實我們的婚姻生活很不美滿，甚至可以說有太多缺失。沒有關愛，沒有溝通，沒有交流，沒有照顧，沒有陪伴。雖然住在一起，但比普通朋友更生疏。既是如此，為何要結婚呢？雖說婚姻是很大的賭博，但如果要賠上自己的人生，我不會甘心。」婚後第一年，婉清多次在日記上寫這番話。經過反復的練習，她才鼓起勇氣對丈夫坦白心聲，當時心頭的顫動、披面的淚，她都記得。丈夫的沉默，她也清楚記得。

而那次剖白之後，婉清的勇氣彷彿就鼓脹起來，幾近隔一段時間就會提出類似的話，丈夫的回應一貫走緘默路線，偶爾傳來三幾個官腔字樣：「要注意」、「會關注」、「要處理」之類，行動卻沒多少變化，始終是絕少主動開口、間中冷淡回應。丈夫向來寡言，婉清是知道的，但婚後由寡言變幾近無言，以兩個非常獨立的個體的方式在同一空間生活，她是始料未及，也不願接受的。多少次，婉清覺得自己不過是一件家具。

自我反省支撐婉清度過許多失眠的夜晚。「我尋求過嗎？有，因為我覺得極需要。他回應過嗎？沒有，可能因為他不需要。在這樣的分歧裏，也許我們都活得無助、難過，很不快樂，因為彼此根本不明白對方想要的是什麼。」每一次婉清想狠心結束這段關係時，她都勸自己，從以前到現在，這個家庭已經有許多創傷，丈夫的成長期有過不愉快經歷，要是離開會對他造成傷害，那是不負責任的，而且，長輩們也絕不能接受。於是每次她都說服自己應該留下來陪他學習和改變，一同面對問題。

女兒的不婚主義，婉清毫無意見，放任她自由選擇發展。因為連自己都覺得婚姻是騙局，是個一旦栽進去就不易抽身的深淵，何苦左右她的自主！當天留下來守住這段關係，甚至誕下女兒試圖激活婚姻，也全因不忍也不敢違抗兩個家庭八大長老的心意和催逼。丈夫是否真心想生孩子建立圓滿家庭，至今仍是個謎。至少除了準備懷孕的那段期間，丈夫連擁抱、親吻她都不會。而孩子出生後，不見得他特別愛護她們兩母女，也不會管教女兒。除非女兒提出，否則也甚少陪伴，唯有一點安慰是他會盡父親供書教學的養育責任。

自己身受其害，如今換了身分，自然不欲女兒重蹈覆轍，所以絕不提出任何意見或經驗之談。女兒也拍過拖，兩次的對象婉清都見過，其中一個甚至到了談婚論嫁的地步，連酒席第一期訂金都付了，最後還是拉倒。當天女兒抱住婉清啜泣，她的心不住揪痛，忍不住默默流淚仍沒過問半句。至於丈夫，同樣是由始至終沒什麼意見，只放了五萬元現金在女兒的書桌上，讓她填補退訂酒席的損失。

女兒也曾像電視劇裏那些和樂家庭的孩子一樣，天真爛漫地問婉清和丈夫的相識經過、為何會結婚。每次婉清都叫她去問她爸，因想偷看丈夫的反應，他也很堅持，每次都說忘記了。有次女兒問她父親：「如果十分滿分，有幾分才算愛一個人呢？」

「六分？」女兒詫異，向來寡言的丈夫竟主動補充：「由零分到六分算很多了。」坐在一旁的婉清繼續撕去依附在橙肉上的纖維，她曉得他們兩父女都不愛這層粗糙的「衣」。那次女兒本來說好要帶男友回來吃飯，後來又不了了之。直覺告訴她，這一定和丈夫的答案有關連，因為女兒曾說過總覺得男友好像不怎麼擅長愛人，像父親。

丈夫的說法顛覆了婉清原有的概念，以零分為基數，原來六分已算很多。也許在他心目中，要一起生活，真的不必有很高的分數。難怪人們老是說共度餘生的伴侶，從來不一定是最愛的人。到了這個年紀，婉清已無甚感覺了。年輕時竭力追求覓得最愛，一輩子不離不棄相追隨，如今倒成了虛空的祈願。時間終究是殘忍的，無論在世間與人有過幾多連結，連結有多深厚，到了最後，所有人都得變回孤島，沒有人逃得過。

當天對丈夫、對家庭的負責任，結果變成對自己的人生不負責任，持續在一段難熬的關係裏糾結、壓抑。然而，婉清始終相信，上天大抵是公平的。就像今晚這頓慶祝紅寶石婚的自助餐，也是女兒興高采烈地精心安排的。這也是結婚四十年以來首次慶祝，一束據說是丈夫買的鮮花，也恰如其分的開得燦爛，繼續擔任非常稱職的道具，就像她，這些年來始終盡責地當一件稱職的家具。

練習

如果人生是由無數會自動再生的包袱填滿，我們是不是仍然必須學習捨棄這些循環不息地累積的包袱的方法？

五月十日

從今天開始做一些練習，嘗試把所有「東西」都想像成不屬於自己的，從物件、空間甚至關係，一切都可以物化，一切都可以「身外化」。沒有什麼擁有，就沒有什麼所謂傷害或失去。即時的成功是不可能的，然而不嘗試也鐵定是不可能成功的，既然如此，就從最無關痛癢的物件開始吧！

（她開始翻箱倒櫳，找找文具袋、翻翻衣櫥、摸摸書架、撥弄首飾箱……後來又掏空抽屜裏積存已久的信件和明信片、相簿……每一件都是歷史文物，每一件都以令人感慨萬千的姿態重現。不一會又打開手提電話的信息匣、電腦裏的文件夾……最後，她撕下四月那張月曆紙，在紙的背面用紅筆寫上：從今天開始，每天丟掉一……直到凌晨三點多，這張紙，還是沒寫完，彷彿有一大堆項目要寫，卻為排列先後次序而教人愁煩，所以，寫了幾小時，還是只有幾行字。於是她暫時擱筆，轉到電腦前，打開電子郵箱。「坐言起行，就從第一項開始實踐吧！」她說。同時，電子郵箱裏的垃圾郵件被逐個點開，並轉移至垃圾箱。它們是無辜的，因為本來要被捨棄、最應該被拋棄的，原是抽屜深處那些殘破的、千瘡百孔的兒時日記。）

五月十九日

這樣的思想練習真不容易，非得要不斷自我提醒：「不能忘記，要繼續、持續、無休止地進行思想練習。」但這種刻意的提醒總是把因割捨而來的傷痛感覺一併喚醒，讓我有還原基本步的錯覺。於是我又對自己作出另一番提點：「唯有持久，才有成就。」不對，「唯有持久，才有成效。」

（她用上星期翻找玩具箱時意外找到的小學時期流行文具——砂膠猛力擦，起勁地擦，單行紙上原本寫了「就」字的位置幾乎被擦出破口。紙頁上唯一被磨擦得薄薄的孔洞紋理透光，像一層紗窗，也像受傷過後重新生長出的纖薄皮肉，分明是格格不入的，卻佯裝融洽共存。就像此刻，她在這個「家」裏和「家人」的「相處」。）

五月二十四日

雖然極反對，但我必須尊重母親的意願，我必須服從母親的決定。母親是個傳統的女人，嫁雞隨雞嫁狗隨狗，根本是那種丈夫討飯吃也默默跟從不反抗的人。我是不能忤逆她的，她的大半生已夠苦了，如果連我這個女兒也與她對抗……不曉得母親有沒有想過，其實她那句話狠狠地刺痛了我，像鋒利的匕首，不偏不倚瞄準我的心臟，刺下，迴旋，抽出，乾淨利落。

（情感的割捨是困難的，她的母親沒有激越的情緒，沒有悲慟的哀號，甚至是平靜而堅定地請她離開。「他終究是我的丈夫。」然而，她真的能做到為了把折磨得人顫抖冒汗的記憶刪除、把所謂的「父親」摒除於生命以外，連母親也一併割捨嗎？）

六月二十日

專家研究指出，要培養一個習慣需時四至六星期，到了今天，已整整六星期了。練習似乎仍未有預期的效果，我還是無法不去想起那些破敗的記憶。許多細節和畫面，在夜裏時時閃現，在我想閉起眼睛安睡的時候，頻密地閃現。例如他歇斯底里地咆哮；例如手提電話、雜誌、抱枕、杯墊、遙控器、熱水壺、湯碗……一一暴烈地躍向半空、飛翔、翻騰；例如我伸出擋住罐頭的前臂，半空中響起「卜」的一聲清脆，前臂微微隆起的位置是永久的、不能磨滅的、不能隱藏的記認。地板上、飯桌上散落的碎片裏混雜了童年的玩偶、青春期的書頁、一切一切啟自童蒙的記憶逐一放映，定格，重播……

（「啪」的一聲，她重重地闔上日記，手心、額上、背上滲出的汗水淋漓，有很長很長一段時間，她是絕口不提、絕不去想童年往事，直到在書上讀到，書寫是治療傷痛的有效方法，她才嘗試記錄這些可怖的黑暗印象。只是，到目前為止，她仍然無法原原本本地把整片記憶寫出來，每次下筆，都只能零零碎碎的摘錄一些記憶碎片。這種治療過程叫她受盡煎熬，然而她還是鍥而不捨地嘗試，冀盼終於有天能再次完全擺脫那些拳來腳往沉重如鐵錘的記憶，不再被噩夢糾纏。）

六月二十七日

為什麼他要再出現呢？為什麼？為什麼？為什麼？……如果他從此消失，不再入侵我們的生活，我會再做那種噩夢嗎？我需要做這樣的練習嗎？我要練習和所有物事、所有關係割裂，嘗試把所有東西轉讓出去嗎？我恨透這個人！我恨透上天，為何要讓他在我的生命中消失，然後又讓他出現？母親真的能忘掉那段慘痛的日子嗎？丈夫真的比女兒重要嗎？他……

（「你走吧，我可以的。他終究是我的丈夫、你的父親。」她的腦海裏，這句話迴響不止。）

重遇

CINEMA 戲院
№ 36548
12
feb
2018
Friday EVE.
8:00 P.M.
$ 90
12 feb
2018
Friday EVE.
8:00 P.M.
$ 90 Advance
At Door
№ 36548

她是美麗過的。精緻的五官放在白皙的臉上，像一幅安靜的、線條幼細的掛畫。初次看見她時，驚艷啊！在這樣的環境，難得有這麼精美的臉。

大家都覺得，這個清雅脫俗的女子，怎麼可能會在這兒出現呢？和這兒簡直格格不入。然而，她的出現令枯燥的課堂增添幾分樂趣，好些人甚至紛紛為她神魂顛倒了好一陣子。女孩子會談論她的衣裝配飾、髮型妝容……不盡是善意的，這點可謂無法避免。嫉妒的可怖，誰又會不知道？但在這個圈子，惡意的批評已經算很少很少、很薄弱的了。至於男孩子，大抵許多都是競爭對手——當然表面上都說自己沒機會被女神看上眼。試問有幾多人會像福榮那樣，天天大言不慚地吹噓自己的交友技巧有多厲害、有幾多女孩迫不及待的貼過來？

而她始終對所有人的反應都遲緩，應答有猶豫，連笑都似是而非的，如夢似幻，似霧迷離。

我也是眾多為她傾倒的男子其中之一，但我是僥倖的，因為她只明確地表示過曾和我在一起，也就是其他人口中所謂的「正印」。的而且確，沒有人看見過她和任何男生走得更親近，雖然許多時候她出現的地方附近都有許多男生，或有靦腆，然而大部分都狀甚癡迷，一副惹人討厭的色鬼相。

當時牽着她的手進出校園，被四周投來豔羨又嫉妒的目光重重包圍，那份油然而生的優越感我至今不忘。而我這個「正印」，也僅止於有「權利」牽着她的手，絕對沒有其他任何身體接觸，我既尊重她的意願，也不敢有半點非分之想。

我們會到固定的戲院拍拖，看的都是她感興趣的電影，完場之後總會踱步回校園坐坐，即使是不用上學的、整個校園都是外傭姐姐的星期天。那段約莫三十分鐘的路程太長了，在夏日的豔陽裏，似是要把整個人的水分抽乾，但我還是勤勤懇懇樂此不疲地陪着她在太陽底下走，偶爾也提醒自己就當是另類「職前訓練」吧！反正我早晚也要適應在工地裏讓烈日煎烤的日子。

她老是要我先「分享」觀後感，繼而是對電影的評價，各方面的評價。劇本、情節絕對少不了，選角、角色的演技、造型設計、咬字也是必備話題，連佈景、背景音樂……都得一一品評。她說過：「個人喜好、電影的水平和價值，是割裂的，沒有衝突。人們可以瘋狂喜歡一齣電影，但它可以是爛片。」我總是疑惑，要如何才能在百多分鐘裏兼顧這麼多「閱讀元素」？把這些統統都仔細分析的話，還有空間鑽探劇情加以咀嚼經歷嗎？但我不敢問。

為了取悅她，我長期研讀網絡上流傳的各式影評，預備萬一突然和她有電影約會，我都可立即在腦海中剪輯出及格而具個性和主見的評論。雖然，大部分時候她仍覺得我的影評膚淺，毫無創見，並用大量尖銳的提問和理論「教導」我。那時我竟癡迷得邊聽她的發表邊摘錄筆記，並積極在下一次的討論上應用所學，比上課還要勤奮，使得她心花怒放。

糊塗至此，我大抵真的給美色和別人的艷羨眼光麻醉了。

也許當時我把腦海內的記憶體全用在儲存和編輯影評上，使得筆試考核輕易就不及格。「大佬！認真啲好唔好！求求其其，係咪想人死？」老師「火」一起，桌子就遭殃——桌上早已有堅硬扳手留下的凹痕。

後來我們還是分手了，她的理由是：「生命悠長，而時間尚早，我們都可找個更好的。」

很長一段時間，我天天哭得死去活來，像個軀殼遊走於課堂之間。多哭了幾回，疑惑過是否真的這般傷心呢？但被一個人人讚歎的美女拋棄，不傷痛好像很對不起，對不起這段關係、對不起自己、對不起她的一眾追求者。我已記不起結果頹靡了多久才重新振作，只記得糊糊塗塗的就畢了業，畢業之前每回在校舍碰見她，我都把頭垂得低低的，唯恐四目交接。多次聽說她有新的追求者，但這都不算什麼新聞了，就像天氣報告一樣，哪天會沒有天氣消息呢？回想當時的戰戰兢兢，只覺自己實在幼稚得可憐。

戲院門外的高聲爭吵中，我認出一把熟悉的聲音，每句詛咒都那麼刻薄毒辣，抱着大桶爆谷和特大汽水的婦人身旁約莫七、八歲的小男孩正嚎啕大哭，我趕緊別過臉。

手中的戲票給我捏得縐縐的，她看見我嗎？會和我進同一戲院看同一齣戲嗎？她曾經說過爆谷過甜「熱氣」影響皮膚，我再也不買爆谷進場；又說過凍飲損害體質，汽水是終極化學合成物……

直到電影播放完畢，我仍懷疑自己是否認錯人，也懷疑自己怎麼可能認得她，她變了這麼多。不過是幾年的時間罷了，沒想過我們會這般重遇。從前，她像一個錯落泥陣的絕色美人，誤闖泥頭沙石堆成的工地；如今，她像個髮絲黏在跳過廣場舞的額角、早晨會到超市等搶購開箱水果的粗嗓子大媽。

她就是從來沒有丁點兒似一塊建造業的材料。

化

小時候蔓思極沉迷看電視，幾乎所有卡通片都看，更能把劇情倒背如流，以便和孿生弟弟進行卡通片問答比賽。很多時候都是弟弟勝出，她能記得弟弟每次勝出後的狂喜，雖然有時是她故意讓賽，不過這是秘密。

（二）

弟弟到了「那邊」之後，她忽然覺得電視機是一台非常嘈吵的機器，箱子裏流出的聲音尖聲刺耳，令人坐立不安，太困擾了。從此，她再也不主動看電視。課室裏同學七嘴八舌地討論流行的電視劇內容，蔓思完全茫無頭緒，不過她不介意，同學也不介意，因為她安靜，因為她可以只聆聽而不插話。而其實大部分時候她都沒認真聽，只管回憶從前和弟弟看電視然後比賽較勁，每次想起，都覺有趣。

那天班主任課，老師播映節目的二十多分鐘裏，蔓思的心抽動不已。她已經很多年沒有那麼投入看電視了。

「收嘢喇！收嘢喇！」單薄的一句讓蔓思所有刻意不敢記起的記憶又活了一次。

（二）

「收嘢喇！細佬，收嘢喇！」嚶嚶抽泣之間夾雜呼天搶地的悲慘哭聲，熏染得人眼目迷離的灰煙白霧，鋪天蓋地一整片的白濛濛如死亡之教人惘然。蔓思只呆呆立在一旁木然，間或煙熏過猛，眼圈因受到刺激而發紅發癢，她才會伸手去揉揉眼睛，其他時間，基本上她都靜靜坐着，不怎麼動。大家都說弟弟去了那邊，但蔓思不曉得弟弟到底去了哪兒。當她發現大家把弟弟新學期要用的書本都扔進火爐裏，她立刻哭喊着要把書搶回來：「是我們下星期開學要用的新書啊！」然而，她又怎麼可能成功伸手到熊熊烈火裏把書搶回來呢？

「弟弟在那邊開學要用。」媽媽哽咽，弟弟的書包、校服、文具……統統都在火爐裏。

弟弟在的那邊，到底是哪一邊呢？

（三）

蔓思向來不主張化寶。最初爸媽以為她怕火，後來又以為是跟隨學校教導的信仰原因，再後來才意識到原來是她個人的偏執。她始終覺得任世人花多少時間、心思、手藝和金錢製作精巧的紙製品，試圖以焚燒至灰飛煙滅的方式來向往生者表達心意是極其徒勞的。

兒童最是百無禁忌，新春將近的日子，卡紙帽、卡紙賀年套裝紛紛登場，小孩單純天真地給家裏每人準備一套。蔓思看到孩子們手裏的「套裝」，記得每次去拜祭弟弟的時候，都有一種叫做「衣包」的祭品。賣衣包的人都把口號唸得流暢，來來去去也只有一句：「男女衣包樣樣齊」。衣包外面用漿糊黏着一張帽子紙頭的就是男子合用的物品。這些衣包一個不過五元，連到麵包店買弟弟最愛的菠蘿叉燒包都不夠。這麼多年來，她都很想拆開衣包來看看，看看裏面到底有什麼。

「你從來沒燒過什麼給弟弟，為什麼？」

蔓思繼續靜靜站在一邊，假裝沒有聽見母親的話。

紮作精緻細膩，如此美好的工藝品瞬間化為縷縷輕煙，花過的精神和心思盡皆徒勞。如果執著於化寶的收發手續和運輸過程，堅持燒汽車同時要燒油站，甚至要燒車房、維修工具、一切一切相關的東西都要化為灰燼，那麼燃燒的這個過程已經變成一種講究邏輯的，為了滿足世人眼光而做的意識形態上的行為表現。偏偏思念其實是無法講究邏輯的，人們化寶，觸動的是思念，非關邏輯。如若能夠冷靜而理智地講邏輯，根本不必化寶，蔓思堅持。

當年常常夢見弟弟的時候，每一次他都沒有告訴蔓思可到哪兒找他，也沒提過已經收到三年級的新書和書包。

（四）

父親常說：「找天你們和我遠足時，找個斜坡把我推下去，一了百了，又方便。」妹妹立即回應：「自己找個山坡滾下去就好了，要我們登山那麼累，還要我們做殺人兇手？」

父親又說：「如果將來我死了，不用辦什麼儀式，浪費錢，把我火化了，骨灰倒在山上，你們不用花時間供奉，我也可以看風景。」妹妹又回應：「又是要我們花腿力登山，更要我們犯法，隨意棄置物品是犯法的！」

母親把一張寫滿密碼的字條塞給妹妹，說：「如果我死了，你趕快拿我的提款卡去櫃員機，輸入這堆密碼，把錢全部提出，清空我的戶口，你和爸爸、姊姊攤分，不要給銀行沒收了。」妹妹沒好氣說：「人死了戶口還有活動，這豈不懸疑？豈不干犯盜竊罪？而且，銀行哪有隨便突然沒收你財產的可能？你有沒有常識？」

「你們兩老都要我犯法，是要我坐牢嗎？家姐你最公正公平，你來評評理。」

妹妹是不曉得自己原來還有過一個哥哥的，一直以為只有蔓思和她兩姊妹。她出生的時候，蔓思剛升讀中學，現在她已升讀高中了。妹妹讀小學時，每次去看望弟弟，爸爸媽媽都選妹妹要上興趣班的日子，只會帶蔓思同行。漸漸，大家去看弟弟的時間都少了，但總不忘記，一定選個妹妹沒有空的日子。

「如果我死了，什麼都不用燒給我，也不用去看我。」

「好端端的為什麼大家都愛說死呢?連家姐你都和爸媽一樣開玩笑。」

蔓思多想告訴妹妹:「你還年輕,不明白死亡來時的匆匆。當我們笑着談及死亡,其實都在談些什麼?」

告別式

到了此刻，她確定了在這種場面裏，叫她最恐懼的始終是這麼小小的一個按鈕，一個可能大部分人都不會特別留意到的按鈕。

火紅色的按鈕，輕輕一按，盡數化為烏有，灰飛煙滅。彷彿一切都虛空，回歸於無。火紅色的這按鈕，通向虛無的路口，彷彿穿越過去之後，再也沒有彌留塵世可執手的具體痕迹。

安慰人的話是這樣說的：「人本來到了最後就是什麼都沒有，空空的來，空空的走。路直路彎，高低起伏，到了此刻都沒有人能夠在意了。」是的，她明白，也無法否定，然而，在人間遊走一圈，坦然空空放開手，真的有那麼容易嗎？放開手，說的是往生者吧？那麼在世凡人呢？又有幾人能為了慶賀得解脫塵世羈絆熱烈高歌大鳴大放？

據說大部分送別儀式都由往生者的家屬親自按下按鈕，意謂由親人相伴，送別將遠去的人最後一程。立意原是美好的，而其實這最後的一步，何其殘忍，甚至可以說在那種場合，即使心腸軟狠不下心，也不容你拖延半步。整個儀式的過程，親屬就像任人擺佈的木偶般聽從指令、執行指令，不論心境或腦袋都沒有空間思想，也不由得你多作思想，到得你回過神來，所有事情都已發生，甚至完結了，不可挽回了。

陰冷的靈堂裏，人不算少，流水似的一組一組人來，沒多久，又一組一組的離去，人流轉動，然而還是有無盡的空洞，彷彿每一把微弱的聲音都能激起回聲。在這樣的空曠與廣袤裏，她想起多年前離世的爺爺，周遭有喧鬧的奏樂包圍，然而瘦弱枯槁的軀殼終究平靜地躺着，一動不動。他們都知道，爺爺的靈魂早已飄遠了，任憑大家再怎麼呼喚也不會喚回什麼，不過大家還是止不住的哭喊，她還依稀記得，當時有人問過要不要僱人來假哭。忽然，她洶湧的淚翻飛，既為了如今在棺木裏沉沉睡去、已然消逝的友人，為了早脫離塵世、已抵遠方的爺爺，也為長久以來悄然無聲，隱伏糾結於心上的那顆火紅色的按鈕。

送別爺爺的時候，負責按掣的，應該是大伯父吧？因為是長子的緣故，爺爺離世時的所有儀式幾乎都是由大伯父在堂倌的指引下逐一執行的。一眾孝子賢孫，一片混雜的哭聲，有呼天搶地的嚎啕大哭、或嚶嚶啜泣……有真的，也有些假的嗎？已經記不起來了。只記得，當時不太明白，為什麼要請人來假哭呢？後來她才曉得，原來是為了讓喪禮不會太冷清、太伶仃。從來都不知道，原來喪葬也要講究熱鬧，讓往生者不孤單。

堂倌是專業的，自然、冷靜得接近麻木。許是習慣了，對親友家屬的反應也無多大感覺。不論是哀慟還是「蝦碌」，例如讀錯名字和身分。記得當時大伯父也犯錯了，大伯父要隨堂倌唸一段話，當中有一句需提到「我爸」，當時堂倌用了「你爸」代替，大伯父照本宣科唸「你爸」，大家都驚愕了，親屬笑不出來是可以理解的，旁人禁不住失笑也是可以理解的，而身經百戰的堂倌依舊不慍不火，不徐不疾的，把相同的句子重複了一遍，連「你爸」二字都沒有刻意強調，大伯父終於意識到自己犯的錯。

這一次喪禮，卻是堂倌犯錯了。送別者魚貫到來之時，儀式尚未正式開始，她看到堂倌的眼眶和鼻子已經紅了幾遍，像患了重感冒似的每句話都藏着濃重的鼻音。不知道還有沒有人和她一樣，也看到藏在他手心裏縐成一團的紙巾和眼角淺淺的淚痕。

送別者在靈前鞠躬後，都紛紛上前和友人的母親握手，或點頭，或拍拍肩膀，這次，大家也會對堂倌做一番相同的動作。而堂倌只如常地站在家屬旁邊緩緩點頭，什麼都沒有說。

儀式開始，堂倌很快就開始哽咽了，幽幽的嚶嚶啜泣聲隨即此起彼落。很多尋常的流程和對白，堂倌都無法流暢地讀出，話語都切開成不規則的細段，零落的、斷斷續續的，在座卻沒有人面露慍色或半點不悅，也並不感詫異或不耐煩，與其說尊重場合，或者更應說是尊重分別站着和躺着的這兩個人。相信到了儀式終結，也沒有人會挑剔這堂倌的專業失準。

繞過簇新桃木色棺木瞻仰遺容的時候，看着上了妝的友人平靜冰冷的容貌，表情仍舊溫柔，軀體或已僵硬，她無法忘記在病榻旁拉過她的手時觸感冰涼。明天按下火紅色按鈕的，大抵是這位堂倌略帶顫抖的粗糙的手吧？但願是。她曉得，讓友人的父親擔當這場告別式的堂倌，必定是一場最好、最溫暖親切的告別式，也必然是友人最稱心滿意的唯一告別式。

探訪「鄰居」

RIP

每到星期日下午，美意都會到樂富一趟。而到樂富的前一天，都必須先到花墟，那是她每週最期待的時光。

星期六的花墟，人和花都如海潮湧浪，她已習慣在推擠裏繞圈，完整繞過一圈了，才採購大量鮮花。捧着大束鮮花回家的路上，即使沒有風，香氣依然徐徐飄遊，美意想像着要怎樣將這些花分配成小花束，最恰如其分的配搭是一枝主花配兩枝小花，用絲帶束起，看起來不顯霸道，也不寒酸失禮。

美意從小就喜歡鮮花，小時候已愛在路邊花叢中拔兩三朵小花回家放在書桌上，看着心裏就歡喜。到了花墟，她總是很快就能選中心頭好，起初她會買兩種主花和三種襯花，這樣就可以用五種花搭配出許多變化。幾個月之後，還是覺得統一買三種相同的花比較好，一來公平一點，二來也較容易辨認哪些花是自己放下的。

她享受到花墟選花被繁花簇擁的時間，也享受在家心無旁騖包裝小花束的閒靜時光。

在花海裏穿梭，一星期積存下來的繃緊情緒漸漸得以舒緩、放鬆。每個週末，她都能在花墟找到新鮮的事物，可能是適逢花期盛開的鮮花、新品種植物，也可能是新進口的肥料或新款的噴壺……從前她只道花草色彩繽紛，一片斑斕的風景賞心悅目，沒有考究過它們到底是什麼品種，除了紅、橙、黃、紫……還可以細分成比油漆色板上更細緻的色調，更不知產地、花語之類高深的學問了。然而無論各色鮮花開得多燦爛，美意欣賞過後，都只會選白色和米色的花，然後繫上素色的絲帶。

美意從來沒有見過父母，她唯一的親人是丈夫。數年前，丈夫不辭而別，他選擇在她懷孕五個月的時候突然離她而去。肚子裏的孩子將是她唯一的親人，雖然她心情矛盾，終日憂慮無法給予孩子完整的家庭會影響成長……沒有人能預料原來這些擔憂都是多餘的，因為孩子和丈夫一樣，都選擇離她而去，和丈夫離去時一樣，孩子在出生前悄無聲息的離去，沒留下半點道別的痕迹。

丈夫和腹中骨肉接連離開的那段日子，美意沒有忘記。如何從晦暗的日子中抽離，她也記得。最初決定每週到墳場骨庫大樓B區為那些不似有人拜祭的先人獻花和擦墓碑，是因為這兒有屬於她的一塊小方磚，大約五年前她央求丈夫讓她供奉的一小方磚。當時丈夫一直絮絮叨叨的教訓她，責備她迷信、多慮、杞人憂天……好不容易才得到應允。美意隱瞞丈夫，暗中多買一個格子，希望他日遠離塵世之後，仍能和丈夫相依相伴。如今枕邊人已遠走了，這兒也實在沒必要留有他的位置，美意決定把骨灰位讓出，想不到手續比想像中容易。原來要割捨一個位置和放棄一個身分，真的可以易如反掌。

用濕紙巾抹去碑上的灰塵，把小束鮮花插在右下角的鐵圈裏，B區每一個格子裏，都有清新潔淨的面貌。那些已供有鮮花的靈位，美意絕不隨便挪動，除非看見石碑上有灰塵，也只會輕輕幾下擦拭。既有人來放置鮮花，大概沒那麼孤獨。她每週來訪，也是為了不那麼孤單，包括她自己，包括碑上的照片和深刻的名字。

「將來，我們就是鄰居了。你們可要記得我曾勤勤懇懇地來獻花和清潔，對我多加關照呢！」

「最近我都在想，如果想改變，是不是應該從換個工作開始？」

「當時寶寶選擇不出生，也許是正確的，在殘缺家庭裏成長可能造成的傷害，我懂得。」

擦拭着、訴說着，當濕紙巾漸乾，花束用盡，就是回家的時候。

除了因為這兒有自己的位置使得美意願意來，還有更大的原因。要是丈夫知道這個原因，定要狠狠批評她迷信。只是，美意沒心思去理會到底迷信不迷信了，她只盼以防萬一，假使世上真有善有善報的可能，美意希望上天開眼念及她的善行，慷慨讓她他朝魂歸天國時能有好鄰舍，不必再像生於人世時那般孤獨。說到底，始終是個自私的因由。

「將來，我們就是鄰居了，下週想我買什麼花來？」

幾年間，週日之約風雨不改，美意也沒察覺到自己已不知不覺找到了舒適自在的出口。如今，從配襯花種到選擇絲帶的顏色這連串任務，就是美意一週裏過得最愜意的時光。她不再只選購白花，偶爾會選帶有淡淡青黃色或紫色的桔梗、綴有淺淺粉紅色的康乃馨，配備各種顏色的太陽花、玫瑰……各種鮮花，都成了她愛用的花材。閒來無事，她更會設計不同的絲帶結點綴小花束。一個個雲石方格上，不再只有素淨淡雅的白花，也會有神采奕奕的姹紫嫣紅。

「將來，我們就是鄰居了。」

鮮花逕自在石碑前綻放着，到最後誰陪伴誰，有沒有人陪伴，其實並沒那麼重要了。

一種圓滿

經過賣糕餅的小攤，友伴問：「你喜歡吃白糖糕嗎？」因為喜歡，我們便一隻手拿着魚，另一隻手拿着白糖糕邊走邊吃。

我向來覺得「去哪兒不重要，重要的是和誰同遊」一話略顯陳套，不因為我不認同，只因當許多人都這樣說的時候，也就覺得不好意思再說，或說了也沒意思了。然而此刻並肩走着，細嚐平民的滋味，我忽然理解到，這句看來陳濫的話，其實並非那麼陳套。走過濕漉漉的魚檔，發泡膠箱、不鏽鋼碟、筲箕、冰塊……各自圈成奇形怪狀的板塊，有些魚蝦活蹦亂跳，激動得躍出地面；有些緩慢地前行，貼着箱子的邊緣游移；有些奄奄一息，瑟縮一角；甚至有些眼睛蒙上白霧，一動不動。

其實我有點想知道友人心裏想什麼，並非出於好奇，但我始終不敢問。此刻如果被問的是我，我也未必能開口。

「有傷口，不要吃生魚。」、「紅衫魚好，夠營養，不能養殖，必定是從海裏來的。」

記得從前照顧病者的時候，這兩項知識是我每次上菜市場前都要默唸的，後來每當聽到有人提起要為病人熬湯，我腦海裏都自動冒起這兩句叮嚀。

「母親指定要買大眼雞，愛牠不論清蒸或熬湯都可以。其實我不大曉得怎樣的魚才算新鮮，唯有選最大條的，最大的，應該是最強壯了吧。」友人說。

看着冰牀上一尾尾相聚的魚，目光呆滯，連瞪人的力氣都沒有，我沒說什麼，只盡力挑選兩尾眼睛雖不至清澈見底，但至少沒那麼混濁的。在這唯一出售大眼雞的攤檔前，看着魚販下刀，抽出魚內臟，把魚塞進膠袋，白得發呆的背心膠袋冷靜地淌血，沾染魚血的粗糙的手在紅色塑膠水桶裏一撈，往木砧板上潑一勺子水，整套動作利落得痲木。

「百五蚊。」我伸手接過已被破開肚皮的魚，瞥見碎冰上剩下的幾尾大眼雞，幾顆大眼珠裏，彷彿又泛起一層薄薄的霧。

「我們不會在這四四方方的市場內買魚以外的東西，待會帶你看看外面的鐵皮檔你就曉得原因，簡直歎為觀止。前陣子好像活化過，一個個鐵皮盒都髹了新漆，整齊並列像積木。」

白糖糕就是在其中一個鐵皮檔買的，三角形的糕點團團圍成圓形，拿掉一塊似有缺失，再拿一塊又湊成我們手上另一種圓滿。信步從街頭逛到街尾，從一個市場逛到另一個市場，白糖糕淡淡的清甜和隱約的酸味滋養着複雜的情感。

「這就是我說的那個遠處的同樣是四四方方的市場。死城似的只餘幾個小檔勉力求存，當紅燈罩下燈泡熄滅，卻連替換的工夫都可省去，也就知道該是倒數的時候了。」

四方城內苟延殘喘，繫着圍裙的中年魚販在脆弱的塑膠椅子上專注地打盹，掛牆扇「達達達達」轉動，魚販稀疏的灰髮顫巍巍的發抖，冰牀上只有幾尾大概死去多時的不知名的魚，無法像頑固的攤檔於寂靜城內苟存性命。

「他們的收入怎夠應付開支呢？」

「天曉得。我們只道人流稀少，貨品流量自然少，即使買，也必然顧慮其新鮮程度，何必自尋煩惱。」

「整個世界似乎都適合只關心自己的事，誰又有心情和空間去為他人傷神費心？」鐵皮檔裏有尋常的滋味，也有奇特的食材。有種稱鳳眼果的果實紅着眼眶、黝黑的眼核像緊盯往來的人潮。我們疑惑以外也許都揪心，為那撼動人的發熱眼眶，那汪汪瞳仁。

「生病之後變得很瘦很瘦，大部分時候只喝得下果汁和湯。湯必須用魚和肉來熬，光是用魚的話怕腥，也怕不夠甜。」

「從前父親還在的時候，要『加餸』就來這兒買豬手，一盒幾件，二十多元。」

「豬手有肉，而且是已滷好的現成菜，這價錢算還可以了。從前我父親賣豬手，也是秤斤而賣的，豬腳倒是一隻一隻的賣，好像還是大小同價的。」

「現在已經沒有了。」友人說得若無其事，我差點脫口應答：「我父親也沒有賣豬肉了，我們逼他退休享樂。」猶幸臨崖勒馬，畢竟這句「沒有」各有所指，沉重之意，無以衡量。

最後我們終於在差點錯過了的雜貨店買到搜尋多時的擠檸檬汁用的夾子，狹小擁擠的店裏只容得一人通過，擠進去之後我又鑽了出來，對提着一包一包菜、肉、魚的友人說：

「有兩種，塑膠的八元，不鏽鋼的十八元。」

「不鏽鋼。」

接過找贖的錢幣後，我向老闆娘說了句：「好生意呀！」老闆娘板起的臉終於露出笑容。「不鏽鋼好，襟用，貴買平用，一世都啱用。」

誰不喜歡祝願呢？即便未必達成，終究還是期盼美好——能維繫多久就維繫多久的美好。就如此刻我們能同行，也許只有一段，心底還是期盼能在同道中平靜地、緩和地一步一步洗去不便說明的孤單，用耐心的陪伴湊成另一種圓滿。

慶幸還有後記

執筆（或打字？）的時候心裏深感慶幸，慶幸又一次有寫後記的機會。能夠走到寫後記的一步，就是新書將要誕生了。《另一種圓滿》是第三本《星島日報》專欄小說的結集，想像封面、插圖、排版、字型……每次出版都是充滿驚喜的期待。

有時我會疑惑自己還有能力進步嗎？會愈寫愈乏味，在因循裏書寫，漸漸所有字句都失去生活的觸感嗎？生活圈子陝隘、視野淺窄、經歷尋常……或會成為創作的窒礙，失卻新意與驚喜？有時又因為固執、急性子，許多停不了的追求目標接連湧現，日子和時間都割裂得更細碎。

能夠再一次寫後記，也意味着我能夠再一次把握機會感謝家人、師長、友好、學生……也要感謝突破同工們不間斷的用心安排出版計劃、《星島日報》開闢專欄讓我持續鞭策自己不能怠慢。在寫作裏，我切實地經歷了限制，也享受了自由；遭遇到打擊，也感受過鼓勵。

猶幸無論出現多少猶豫或否定，仍有家人默默的支持與支援、「經理人」的催逼與「苛刻」、同道馬不停蹄創作的激勵、讀者的分享與回應……這一切都使我在困惑中重新整理，繼而發現該慶幸的，還有自己對這些重要角色的感謝情意或寫作的本意，始終如初。

希望未來的日子，我還有更多更多寫後記的機會，還能分配時間和心思意念寫出一本又一本書。